Lagerlöf · Sancta Lucia

Selma Lagerlöf

Sancta Lucia

Weihnachtliche Geschichten

Herausgegeben von
Christel Hildebrandt
und Gabriele Haefs

Reclam

2013, 2017 Philipp Reclam jun. GmbH & Co. KG,
Siemensstraße 32, 71254 Ditzingen
Umschlaggestaltung: zero-media.net
Druck und buchbinderische Verarbeitung:
CPI books GmbH, Birkstraße 10, 25917 Leck
Printed in Germany 2020
RECLAM ist eine eingetragene Marke
der Philipp Reclam jun. GmbH & Co. KG, Stuttgart
ISBN 978-3-15-011133-8

www.reclam.de

Inhalt

Die Heilige Nacht

Als ich fünf Jahre alt war, hatte ich einen großen Kummer. Ich weiß nicht einmal, ob ich seitdem einen größeren erlebt habe.

Das war, als meine Großmutter starb. Bis dahin hatte sie jeden Tag im Ohrensessel in ihrem Zimmer gesessen und Geschichten erzählt.

Ich kann mich an nichts anderes erinnern, als dass Großmutter dort saß und erzählte und erzählte – von morgens bis abends. Und dass wir Kinder still neben ihr saßen und ihr zuhörten. Das war ein herrliches Leben. Niemand sonst hatte es so schön wie wir.

Ich erinnere mich nicht an sehr viel von meiner Großmutter. Ich weiß noch, dass sie schönes, kreideweißes Haar hatte und dass sie sehr krumm lief und dass sie immer dasaß und an einem Strumpf strickte. Und ich erinnere mich auch daran, dass sie mir, wenn sie eine Geschichte erzählt hatte, die Hand auf mein Haar legte und sagte: »Und das alles ist so wahr, wie ich dich sehe und du mich.«

Ich kann mich auch erinnern, dass sie Lieder singen konnte, auch wenn sie das nicht jeden Tag tat. Eines dieser Lieder handelte von einem Ritter und einer Wassernymphe, und der Refrain ging so: »Es bläst ein kalter Wind, kalter Wind übers Wasser.«

Und ich erinnere mich an ein kleines Gebet, das Großmutter mir beibrachte, und an einen Bibelvers aus einem Choral.

An all die Geschichten, die sie mir erzählt hat, habe

7

ich nur eine schwache und verschwommene Erinnerung. Da ist nur diese eine, an die ich mich so gut erinnere, dass ich sie selbst erzählen könnte: das ist die kurze Geschichte von Jesu Geburt.

Seht, das ist beinahe schon alles, woran ich mich bei Großmutter erinnere – bis auf meine allerstärkste Erinnerung: die große Sehnsucht nach ihr, als sie fort war.

Ich erinnere mich an den Morgen, an dem der Ohrensessel plötzlich leer stand und es mir unmöglich schien zu begreifen, wie die Stunden des Tages ohne Großmutter vergehen sollten. Daran erinnere ich mich. Das vergesse ich niemals.

Und ich erinnere mich, wie wir Kinder zu ihr geführt wurden, um der Toten die Hand zu küssen. Und wir fürchteten uns davor, bis jemand zu uns sagte, das sei das letzte Mal, dass wir Großmutter für die Freude danken könnten, die sie uns geschenkt hatte.

Und dann erinnere ich mich, wie die Geschichten und die Lieder vom Hof verschwanden, verpackt in einen langen, schwarzen Sarg, und wie sie nie wieder zu uns zurückkehrten. Ich erinnere mich, dass etwas im Leben fehlte. Es fühlte sich an, als ob die Tür zu einer schönen, verzauberten Welt, in der wir nach Herzenslust ein und aus gehen konnten, für immer verschlossen worden war. Und es war niemand da, der sich darauf verstand, diese Tür wieder zu öffnen.

Und ich erinnere mich, dass wir Kinder uns mit der Zeit angewöhnten, mit unseren Puppen und unseren Spielsachen zu spielen und so zu leben wie andere Kinder, und da konnte es ja so aussehen, als ob wir

Großmutter nicht mehr vermissten oder uns an sie erinnerten.

Aber noch heute, vierzig Jahre später, wenn ich hier sitze und versuche die Christuslegenden zusammenzustellen, die ich weit fort im Morgenland gehört habe, erwacht in mir die kleine Geschichte von Jesu Geburt, so wie Großmutter sie erzählte. Und ich bekomme Lust, sie noch einmal zu erzählen und sie in meine Sammlung aufzunehmen.

Es war an einem ersten Weihnachtstag, als alle in die Kirche gefahren waren, außer Großmutter und mir. Ich glaube, wir waren allein im ganzen Haus. Wir waren nicht mitgenommen worden, weil die eine zu jung war und die andere zu alt. Und beide waren wir traurig, dass wir nicht mit zur Christmette fahren durften, um die Weihnachtslichter zu sehen.

Als wir so dasaßen in unserer Einsamkeit, begann Großmutter zu erzählen.

»Es war einmal ein Mann«, begann sie, »der in die dunkle Nacht hinausging, um Feuer zu holen. Er ging von Haus zu Haus und klopfte überall: ›Bitte, helft mir‹, sagte er. ›Meine Frau hat gerade ein Kind bekommen, und ich will Feuer für beide machen, um sie und das Kleine zu wärmen.‹

Aber es war mitten in der tiefen Nacht, alle Menschen schliefen. Niemand antwortete ihm. Der Mann lief weiter und weiter. Schließlich sah er weit entfernt den Schein eines Feuers leuchten. Er lief also in diese Richtung und entdeckte, dass ein Feuer draußen im Freien brannte. Eine Herde weißer Schafe lag schlafend um das Feuer herum, und ein alter Hirte saß daneben und bewachte sie. Als der Mann, der sich das Feuer holen wollte, bis zu den Schafen herangekommen war, sah er, dass zu Füßen des Hirten drei große Hunde schliefen. Die Hunde erwachten, als er näher kam, und öffneten weit ihre Mäuler, so als ob sie bellen wollten, aber es kam kein Ton heraus. Der Mann sah, wie sich die Haare auf ihren Rücken aufstellten, er sah ihre scharfen Zähne im Schein des Feuers weiß aufleuchten, und wie sie ihm entgegengelaufen kamen. Er spürte, wie einer der Hunde versuchte, in sein Bein hineinzubeißen, und einer in seine Hand, und wie sich einer anschickte, in seine Gurgel zu beißen. Aber ihre Kiefer und Zähne, mit denen sie zubeißen wollten, gehorchten ihnen nicht, und der Mann nahm nicht den geringsten Schaden.

Nun wollte der Mann weitergehen, um sich zu holen, was er brauchte. Aber die Schafe lagen so dicht aneinander, Rücken an Rücken, dass er nicht vorwärtskam. Da stieg der Mann auf den Rücken der Schafe und lief über sie hinweg bis zum Feuer. Und keines der Tiere erwachte oder bewegte sich auch nur.«

Bis hierhin hatte Großmutter ungestört erzählen können, aber jetzt konnte ich nicht anders, ich musste sie unterbrechen:

»Warum sind sie nicht erwacht, Großmutter?« fragte ich.

»Das wirst du gleich erfahren«, sagte Großmutter und fuhr mit ihrer Geschichte fort.

»Als der Mann nah genug an das Feuer herangekommen war, blickte der Hirte zu ihm auf. Er war ein alter, mürrischer Mann, der anderen hart und unfreundlich begegnete. Und als er den Fremden kommen sah, zog er den langen, spitzen Stab, den er immer in der Hand hielt, wenn er die Herde hütete, zu sich heran und warf ihn dem Mann entgegen. Und der Stab flog pfeifend direkt auf den Mann zu, aber bevor er ihn treffen konnte, wich er zur Seite aus und schoss an dem Mann vorbei weit hinaus aufs Feld.«

Als Großmutter so weit gekommen war, unterbrach ich sie erneut:

»Großmutter, warum wollte der Stab den Mann nicht treffen?« Aber Großmutter kümmerte sich nicht darum, mir zu antworten, sondern fuhr fort zu erzählen. »Jetzt hatte der Mann den Hirten erreicht und sagte zu ihm: ›Bitte, hilf mir und gib mir etwas von deinem Feuer! Meine Frau hat gerade ein Kind bekommen, und ich will Feuer für beide machen, um sie und das Kleine zu wärmen.‹

Der Hirte hätte am liebsten ›Nein‹ gesagt, aber als er daran dachte, dass die Hunde den Mann nicht hatten verletzen können und die Schafe nicht vor ihm weggelaufen waren und dass sein Stab ihn nicht hatte umwerfen können, bekam er es mit der Angst zu tun und wagte nicht, dem Mann seine Bitte abzuschlagen.

›Nimm dir, soviel du brauchst!‹ sagte er zu dem Mann.

Aber das Feuer war fast heruntergebrannt. Es waren weder Äste noch Zweige übrig, sondern nur ein großer Haufen Glut, und der Fremde besaß weder eine Schaufel noch eine Kelle, in der er die rote Glut hätte tragen können.

Als der Hirte das sah, sagte er noch einmal: ›Nimm dir, soviel du brauchst!‹, und freute sich im Geheimen, dass der Mann von seinem Feuer nichts würde mitnehmen können.

Aber der Mann beugte sich hinunter und nahm mit seinen bloßen Händen einige glühende Kohlen aus der Asche und legte sie in seinen Mantel. Und als er sie berührte, verbrannten die Kohlen weder seine Hände noch seinen Mantel; sondern der Mann trug sie fort, als wären es Nüsse oder Äpfel.«

An dieser Stelle wurde die Geschichtenerzählerin zum dritten Mal unterbrochen:

»Großmutter, warum haben die Kohlen den Mann nicht verbrannt?«

»Das wirst du gleich hören«, sagte Großmutter und fuhr weiter fort.

»Als der Hirte, der so ein gemeiner und mürrischer Mann war, das alles sah, begann er sich zu wundern: ›Was muss das für eine Nacht sein, in der die Hunde nicht beißen, die Schafe sich nicht fürchten, der Pfeil nicht tötet und das Feuer nichts verbrennt?‹ Er rief den Fremden zurück und sagte zu ihm: ›Was ist das hier für eine Nacht? Wie kann es sein, dass alle Dinge dir ihre Barmherzigkeit zeigen?‹

Da antwortete der Mann: ›Das kann ich dir nicht sagen, solange du es nicht selber siehst‹, und wollte seines Weges gehen, um schnell das Feuer anzuzünden, das seine Frau und das Kind wärmen sollte.

Doch plötzlich spürte der Hirte, dass er den Mann nicht aus den Augen verlieren durfte, bevor er nicht herausgefunden hatte, was all das bedeuten könnte. Er stand also auf und folgte ihm, bis er dessen Bleibe gefunden hatte.

Da entdeckte der Hirte, dass der Mann nicht einmal eine Hütte besaß, in der er wohnte, sondern dass seine Frau und das Kind in einer Berggrotte lagen, in der es nichts als nackte, kalte Steinwände gab.

Und der Hirte dachte bei sich, dass das arme, unschuldige Kind vielleicht dort in der Grotte würde erfrieren müssen, und obwohl er ein harter Mann war, rührte ihn, was er sah, und er fand, dass er dem Kind helfen müsste. Also nahm er seinen Beutel von der Schulter und zog daraus ein weiches, weißes Lammfell hervor, gab es dem fremden Mann und sagte, dass er das Kind darauf schlafen legen solle.

In diesem Augenblick, als sich der alte Hirte barmherzig zeigte, öffneten sich seine Augen, und er sah, was er vorher nicht hatte sehen können, und hörte, was er vorher nicht hatte hören können. Er sah, dass um ihn herum ein dichter Kreis kleiner Engel mit silbernen Flügeln stand. Und jeder einzelne Engel hielt eine Harfe in der Hand, und alle sangen sie mit lauter Stimme, dass in dieser Nacht der Retter geboren sei, der die Welt von ihren Sünden befreien werde.

Da verstand der Hirte, dass in dieser Nacht alle Dinge und Kreaturen so glücklich waren, dass sie nichts Böses tun konnten.

Aber es standen nicht nur um den Hirten Engel herum, sondern er sah sie überall. Sie saßen in der Grotte und auf dem Berg davor, und es flogen Engel bis hinauf unter den Himmel. Es kamen Engel in großen Scharen den Weg hinunter, und bevor sie vorbeigingen, blieben sie stehen und warfen einen Blick auf das Kind.

Da lag ein solcher Jubel in der Luft und eine solche

Freude und Gesang und Harfenspiel, und all das sah der Hirte mitten in der dunklen Nacht, in der er zuvor nichts hatte sehen können. Und er war so froh darüber, dass ihm die Augen geöffnet worden waren, dass er auf die Knie fiel und Gott dankte.«

Als Großmutter so weit gekommen war, seufzte sie und sagte:

»Das, was der Hirte sah, das könnten wir auch sehen, denn die Engel fliegen in jeder Weihnachtsnacht unter dem Himmel, aber wir können sie nicht immer erkennen.«

Und dann legte Großmutter ihre Hand auf mein Haar und sagte:

»Daran sollst du dich erinnern, denn das ist so wahr, wie dass ich dich sehe und du mich. Es kommt nicht auf Licht und Lampen an, und Sonne und Mond bedeuten nichts. Wirklich wichtig ist, dass auch wir Augen besitzen, die uns Gottes Herrlichkeit sehen lassen.«

Übersetzt von Nele Herbst

Die Legende vom Luciatag

Vor vielen hundert Jahren lebte im südlichen Värmland eine reiche und habgierige alte Frau, die Frau Rangela genannt wurde. Sie besaß an der schmalen Mündung der Bucht, die der Vänern tief ins Land schiebt, eine Burg, oder vielleicht sollten wir lieber von einem befestigten Hof sprechen. Dort hatte sie eine Brücke bauen lassen, die wie eine Zugbrücke über den engen Sund gesenkt werden konnte. Bei dieser Brücke hatte Frau Rangela eine Wache aus Knechten aufgestellt, und für Reisende, die den verlangten Wegzoll entrichteten, ließ die Wache sofort die Brücke herunter. Den anderen jedoch, die aus Armut oder aus irgendeinem anderen Grund nicht bezahlten, blieb die Brücke versperrt, und da es keine Fähre gab, mussten sie einen Umweg von vielen Meilen um die ganze Bucht herum machen.

Frau Rangelas Versuch, auf diese Weise den Reisenden ihr Geld abzunehmen, erregte großen Zorn, und sicher hätten die trotzigen Bauern, die ihre Nachbarn waren, sie schon längst gezwungen, ihnen freien Durchlass zu gewähren, wenn Frau Rangela nicht in Herrn Eskil von Börtsholm, dessen Ländereien an ihre grenzten, einen mächtigen Freund und Beschützer gehabt hätte. Dieser Herr Eskil, der eine echte Burg mit Mauern und Türmen bewohnte, der so reich war, dass seine gesamten Grundstücke eine ganze Provinz ausmachten, der gefolgt von sechzig bewaffneten Dienern durch das Land ritt und der noch dazu der vertraute Berater des Königs war, der war nicht nur ein guter Freund von

Frau Rangela, sondern sie hatte ihn zudem zu ihrem Schwiegersohn machen können, und unter diesen Umständen war es nicht verwunderlich, dass niemand wagte, die gierige Dame bei ihren Unternehmungen zu stören.

Jahr um Jahr machte Frau Rangela unangefochten so weiter, bis ein Ereignis eintraf, das sie sehr beunruhigte. Ihre arme Tochter starb ganz unerwartet, und Frau Rangela wusste ja, dass jemand wie Herr Eskil, mit acht minderjährigen Kindern und einer Hofhaltung, die sich mit der eines Königs vergleichen ließ, alsbald eine neue Ehe eingehen würde, zumal er noch kein alter Mann war. Aber wenn die neue Gattin Frau Rangela feindlich gesinnt wäre, würde das zu argen Unannehmlichkeiten führen. Für Frau Rangela war es fast wichtiger, mit der Herrin auf Börtsholm befreundet zu sein als mit deren Gatten, denn Herr Eskil, der allerlei wichtige Geschäfte zu versehen hatte, war immer wieder auf Reisen, und in diesen Zeiten schaltete und waltete seine Gattin in Haus und Hof.

Frau Rangela überlegte sich die Sache gut, und als die Beerdigung überstanden war, ritt sie eines Tages nach Börtsholm hinüber und suchte Herrn Eskil in seinem Privatgemach auf. Dort erinnerte sie ihn als erstes an seine acht Kinder und die Fürsorge, die diese benötigten, an seine zahllosen Dienstboten, die versorgt, ernährt und gekleidet werden mussten, an die Gastmahle, zu denen er, ohne zu zögern, auch Könige und Königssöhne einlud, an die großen Erträge, die er aus seinen Ländereien, seinen Feldern, seinen Jagdgründen, seinen Bienenstöcken, seinen Hopfenfeldern und seinen Tei-

chen zog, welch reiche Ernte auf dem Herrenhof er-
wirtschaftet und verarbeitet werden musste, an alles, mit
einem Wort, wofür seine Gattin verantwortlich gewesen
war, und zeichnete damit ein überaus beängstigendes
Bild der großen Schwierigkeiten, die ihm nach dem Ver-
lust selbiger Gattin drohten.

Herr Eskil lauschte mit der Ehrerbietung, die man
seiner Schwiegermutter schuldet, aber auch mit einer
gewissen Unruhe. Er fürchtete, Frau Rangela wolle sich
als Haushälterin auf Börtsholm anbieten, und er war sicher, dass diese alte Frau mit dem Doppelkinn und der
Hakennase, der rauen Stimme und dem bäurischen Be-
tragen für ihn durchaus keine angenehme Gesellschaft
sein würde.

»Lieber Herr Eskil!« sagte nun Frau Rangela, die sich
über diese mögliche Wirkung ihrer Rede durchaus im
klaren sein mochte. »Ich weiß, dass es Euch an Möglich-
keiten zu einer überaus vortrefflichen Heirat nicht fehlt,
aber ich weiß auch, dass Ihr reich genug seid, um mehr
an das Wohlergehen Eurer Kinder zu denken als an Mit-
gift und Erbe, und deshalb wollte ich Euch vorschlagen,
eine meiner jungen Nichten zur Nachfolgerin meiner
Tochter zu machen.«

Herrn Eskils Miene hellte sich sichtlich auf, als er hörte, dass seine Schwiegermutter ihm eine junge Verwandte zuführen wollte, und Frau Rangela versuchte mit
wachsender Zuversicht, ihn zu einer Heirat mit Lucia zu
bewegen, der Tochter ihres Bruders, des Richters Sten
Folkesson, die im kommenden Winter am Luciatag
achtzehn Jahre alt sein würde. Die junge Lucia war bei
den frommen Frauen im Kloster Riseberg erzogen wor-

den und hatte dort nicht nur gute Sitten und strenge Gottesfurcht, sondern auch die Führung eines herrschaftlichen Haushaltes gelernt.

»Wenn Jugend und Armut ihr nicht im Wege stünden«, sagte Frau Rangela, »so müsstet Ihr Euch für sie entscheiden. Ich weiß, dass meine verstorbene Tochter ihr frohen Herzens die Fürsorge für ihre Kinder überlassen hätte. Sie braucht nicht aus dem Grab zu ihren Kleinen zurückzukehren, wie Frau Dyrit von Örehus, wenn Ihr die junge Lucia zur Stiefmutter ihrer Kleinen macht.«

Herr Eskil, der noch gar keine Zeit gehabt hatte, um über seine eigenen Angelegenheiten nachzudenken, war Frau Rangela überaus dankbar, als sie ihm eine so passende Heirat vorschlug. Er erbat sich zwar zwei Wochen Bedenkzeit, ernannte aber Frau Rangela schon am nächsten Tag zu seiner Brautwerberin. Und sobald es überhaupt möglich war, was Ausstattung, Hochzeitsvorbereitungen und Anstand betraf, wurde Hochzeit gefeiert, so dass die neue Herrin im zeitigen Frühling, einige Monate nach ihrem achtzehnten Geburtstag, ihren Einzug auf Börtsholm hielt.

Wenn Frau Rangela nun bedachte, welch großen Dank diese Nichte ihr schuldig war, da sie sie zur Herrin einer reichen und stattlichen Burg gemacht hatte, können wir uns vorstellen, dass sie sich noch sicherer fühlte als zu der Zeit, da ihre eigene Tochter dort regierte. In ihrer Freude erhöhte sie den Brückenzoll und untersagte den Nachbarn aufs strengste, die Reisenden im Boot über den Sund zu setzen, damit sich ja niemand der Zahlung entziehen konnte.

Es begab sich nun eines schönen Tages, als Frau Lucia seit einigen Monaten auf Börtsholm wohnte, dass eine Gruppe von kranken Pilgern auf dem Weg zur Dreifaltigkeitskirche von Sätra im Västmanland die Brücke überqueren wollte. Diese Menschen, die sich auf den Weg gemacht hatten, um ihre Gesundheit zurückzuerlangen, waren daran gewöhnt, dass die Anwohner des Pilgerweges alles taten, um ihnen die Wanderung zu erleichtern, und eher wurde ihnen Geld geschenkt, als dass sie welches ausgeben mussten. Frau Rangelas Brückenwächtern jedoch war streng befohlen worden, keinerlei Nachgiebigkeit zu zeigen, schon gar nicht dieser Art von Wanderern gegenüber, die Frau Rangela für weniger krank hielt, als sie vorgaben, und von denen sie glaubte, dass sie aus purer Vergnügungssucht durch das Land streunten.

Als den Kranken der freie Übergang verweigert wurde, brachen sie in ein Wehklagen sondergleichen aus. Die Lahmen und Krüppel zeigten auf ihre unbrauchbaren Glieder und fragten, wie jemand so hart sein könne, von ihnen zu verlangen, dass sie ihre Wanderung um eine ganze Tagesreise verlängerten, die Blinden fielen auf die Knie und versuchten, zu den Brückenwächtern zu kriechen, um denen die Hände zu küssen, während die Freunde und Verwandten der Kranken, die ihnen auf der Pilgerfahrt beistanden, vor den Augen der Wächter Taschen und Beutel umstülpten, um zu zeigen, dass diese wirklich leer waren.

Aber die Männer ließen sich nicht erweichen, und die Verzweiflung der Armen kannte keine Grenzen, als zu ihrem Glück die Herrin auf Börtsholm mit ihren Stiefkindern durch die Bucht gerudert kam. Als sie die Aufregung bemerkte, eilte sie hinzu, und sowie sie erfahren hatte, worum es ging, rief sie:

»Dem lässt sich nun wirklich sehr leicht abhelfen. Die Kinder gehen jetzt an Land, um ihre Großmutter, Frau Rangela, zu besuchen, und in dieser Zeit werde ich die kranken Wanderer in meinem Boot über den Sund setzen.«

Wächter und Kinder, die wussten, dass mit Frau Rangela bei ihrem geliebten Brückenzoll nicht zu spaßen war, versuchten mit Mienen und Gebärden, die junge Frau zu warnen, aber die begriff nicht oder wollte nicht begreifen. Denn die junge Lucia war ein ganz anderer Mensch als ihre Verwandte Frau Rangela. Schon als kleines Kind hatte sie die heilige sizilianische Jungfrau Lucia, ihre Namenspatronin, geliebt und verehrt und sie als Vorbild in ihrem Herzen thronen lassen. Die Heilige hatte deshalb ihr ganzes Wesen mit Licht und Wärme erfüllt. Das zeigte sich schon in ihrem Äußeren, das von solch leuchtender Durchsichtigkeit und Feinheit war, dass man sie anzurühren sich nicht vorstellen konnte.

Mit vielen freundlichen Worten brachte sie nun die Kranken über den Sund, und als die letzten am ersehnten Ufer an Land gesetzt worden waren, überschütteten alle Pilger Lucia dermaßen mit Segenswünschen, dass, wenn solche Güter ebenso schwer wie bedeutsam wären, ihr Boot gesunken wäre, noch ehe sie den Sund hätte überqueren können.

Die Segenssprüche und guten Wünsche konnte sie dann auch brauchen, denn nun begriff Frau Rangela, dass sie von ihrer Nichte keine Hilfe zu erwarten hatte, und sie bereute bitterlich, sie zu Herrn Eskils Gemahlin gemacht zu haben. Sie, die mit solcher Leichtigkeit die arme Jungfrau erhöht hatte, beschloss, sie aus ihrer hohen Stellung zu reißen und sie in die frühere Bedeutungslosigkeit zurückzustoßen, ehe sie noch größeren Schaden anrichten konnte.

Um ihre Nichte in Sicherheit zu wiegen, verbarg sie jedoch bis auf weiteres ihre bösen Absichten und besuchte sie recht häufig auf Börtsholm. Dort gab sie sich alle Mühe, um zwischen dem Gesinde und der jungen Herrin Zwietracht zu säen. Aber zu ihrer großen Überraschung gelang ihr das durchaus nicht. Das mag teilweise darauf beruht haben, dass Frau Lucia trotz ihrer Jugend ihr Haus in guter Ordnung hielt, aber der eigentliche Grund war wohl der, dass Kinder und Dienstboten längst bemerkt hatten, dass die neue Herrin unter mächtigem himmlischen Schutz stand, der ihre Widersacher bestrafte und allen, die ihr bereitwillig und gut dienten, ungeahnte Vorteile bescherte.

Frau Rangela sah bald ein, dass sie auf diese Weise nichts ausrichten konnte, aber sie wollte die Hoffnung nicht aufgeben, bevor sie auch bei Herrn Eskil einen Versuch unternommen hatte. Der verbrachte diesen Sommer jedoch vor allem am Königshof, wo ihn lange und anstrengende Verhandlungen festhielten. Wenn er ab und zu für zwei Tage nach Hause kam, befasste er sich vor allem mit seinen Vögten und Wildhütern. Den Frauen auf Börtsholm schenkte er nur eine zerstreute Aufmerksamkeit, und wenn Frau Rangela zu Besuch kam, ging er ihr aus dem Weg, und sie konnte ihn nur selten unter vier Augen sprechen.

Eines schönen Sommertages, als Herr Eskil sich auf Börtsholm aufhielt und mit seinem Stallvogt in seinem Privatgemach saß, ertönte auf der Burg jedoch so lautes Geschrei, dass er das Gespräch mit dem Vogt abbrach, um sich eilends nach dem Grund des Lärms zu erkundigen.

Und er fand seine Schwiegermutter, Frau Rangela, die vor dem Burgtor auf ihrem Pferd saß und ärger schrie als eine Horneule.

»Eure armen Kinder«, rief sie. »Sie sind in Seenot geraten. Sie kamen heute morgen zu meinem Ufer gerudert, aber auf dem Heimweg ist ihnen das Boot voll Wasser gelaufen. Ich habe von zu Hause aus gesehen, in welcher Not sie waren, und bin hergeritten, um Euch zu warnen. Ich sage Euch auch, obwohl Eure Gattin die Tochter meines Bruders ist, dass sie schlecht beraten war, die Kinder allein mit einem so schlechten Kahn losfahren zu lassen. Das sieht wahrlich aus wie ein Stiefmutterstreich.«

Herr Eskil ließ sich kurz beschreiben, wo die Kinder sich befanden, und eilte, gefolgt vom Vogt, zu den Booten. Aber sie waren noch nicht weit gekommen, als sie Frau Lucia sahen, die mit der ganzen Kinderschar den steilen Pfad vom See nach Börtsholm hochstieg.

Die junge Herrin hatte die Kinder diesmal nicht begleitet, sondern sich zu Hause ihren Aufgaben gewidmet. Doch dann glaubte sie, eine Warnung ihrer mächtigen himmlischen Schutzpatronin zu vernehmen, und ganz plötzlich hatte sie die Burg verlassen, um nach den Kindern zu suchen. Da hatte sie gesehen, wie die Kinder winkend und rufend versuchten, vom Ufer her Hilfe zu holen. Sie war in ihrem eigenen Boot losgerudert und hatte die Kinder in letzter Minute aus dem sinkenden Fahrzeug retten können.

Als Frau Lucia und ihre Stiefkinder nun den Strandpfad hochwanderten, war Lucia so damit beschäftigt, die Kinder danach auszufragen, wie sie in diese Notlage geraten waren, dass sie Herrn Eskil gar nicht bemerkte. Aber er, dem Frau Rangelas Worte über den Stiefmutterstreich zu denken gegeben hatten, gab eilig seinem Vogt ein Zeichen und trat mit ihm hinter einen der wilden Rosensträucher, die, groß und mächtig, fast den ganzen Hang unterhalb von Börtsholm bedeckten.

Dort hörte Herr Eskil die Kinder berichten, dass sie in einem guten Boot von zu Hause losgefahren waren, aber während sie Frau Rangela besucht hatten, war dieses Boot durch ein altes, morsches ersetzt worden. Sie hatten das erst bemerkt, als sie bereits auf den See hinausgerudert waren und das Wasser von allen Seiten her ins Boot lief, und ganz sicher wären sie verloren gewesen, wenn ihre liebe Frau Mutter ihnen nicht so rasch zu Hilfe gekommen wäre.

Offenbar ahnte Frau Lucia, was es mit diesem Bootstausch auf sich hatte, denn sie blieb totenbleich und mit Tränen in den Augen mitten am steilen Hang stehen und presste die Hände aufs Herz. Die Kinder umdrängten sie, um sie zu trösten. Sie sagten, ihnen sei doch nichts passiert, aber Frau Lucia blieb hilflos und unbeweglich stehen.

Nun schoben die beiden ältesten Stiefsöhne, zwei kräftige Burschen von vierzehn und fünfzehn, ihre Hände zu einer kleinen Sänfte zusammen und trugen sie den

Hang hoch, während die jüngeren lachend und händeklatschend folgten.

Als die kleine Schar im Triumph zwischen den blühenden Rosen nach Börtsholm hinaufzog, blieb Herr Eskil nachdenklich stehen und schaute Frau und Kindern hinterher. Die junge Frau war ihm so lieblich und seltsam strahlend vorgekommen, als sie an ihm vorbeigetragen wurde, und vielleicht bedauerte er, dass Würde und Alter es ihm untersagten, sie in seinen Armen zur Burg hinaufzutragen.

Vielleicht überlegte sich Herr Eskil in diesem Augenblick auch, wie brüchig das Glück sein kann und wie viele Schereiereien er sich im Dienste der hohen Herrschaften einhandelte, während vielleicht an seinem eigenen Herd Friede und Freude seiner harrten. An diesem ganzen Tag blieb er jedenfalls nicht mehr in seinem Privatgemach, sondern verbrachte die Zeit damit, sich mit seiner Gattin auszusprechen und den Kindern beim Spielen zuzusehen.

Frau Rangela sah das alles voller Unwillen und verließ Börtsholm, so schnell der Anstand das gestattete. Niemand wagte ernsthaft, ihr zu unterstellen, sie habe das Leben ihrer Enkelkinder aufs Spiel gesetzt, um Frau Lucia bei ihrem Herrn und Gemahl in Ungnade zu stürzen, und deshalb wurde der freundschaftliche Verkehr nicht beendet, und sie konnte sich weiterhin alle Mühe geben, die junge Burgherrin um ihre hohe Stellung zu bringen.

Lange schienen der alten Frau diese Versuche zu misslingen, denn Frau Lucias gutes Herz und ihr tadelloses Verhalten sowie ihre himmlische Schutzpatronin mach-

24

ten sie für alle Angriffe unerreichbar. Doch im Herbst ließ sich die Nichte dann zu Frau Rangelas großer Freude auf eine Unternehmung ein, die Herr Eskil wohl kaum billigen würde.

In diesem Jahr war auf Börtsholm eine derart reiche Ernte eingefahren worden, die die des vergangenen Jahres und überhaupt alle Ernten seit Menschengedenken übertraf. Auch Jagd und Fischerei waren doppelt so ertragreich gewesen wie sonst. Die Bienenstöcke liefen vor Honig und Wachs über wie die Hopfenfelder vor Hopfen. Die Kühe schenkten Milch in Strömen, die Wolle der Schafe wurde lang wie Gras, und die Schweine wurden so fett, dass sie sich kaum noch bewegen konnten. Alle auf der Burg bemerkten diesen Segen, und sofort hieß es, dass er wegen der jungen Frau Lucia über Haus und Hof gekommen sei.

Doch während man sich auf Börtsholm nun alle Mühe gab, die guten Gaben des Jahres einzuholen und zuzubereiten, zog eine große Menge von notleidenden Menschen herbei, die alle behaupteten, vom östlichen oder nordöstlichen Ufer des großen Sees Vänern gekommen zu sein. Sie schilderten mit vielen Tränen in den Augen und verzweifelten Gesten, wie ihr ganzes Dorf von einem feindlichen Heer verwüstet worden war, das mordend, plündernd und brandschatzend durch das Land zog. Die Kriegsknechte hatten in ihrer Bosheit sogar das noch nicht geerntete Korn abgebrannt und alles Vieh fortgetrieben. Die Menschen, die mit dem Leben davongekommen waren, mussten ohne Dach über dem Kopf und ohne Lebensmittel dem Winter entgegensehen. Manche hatten sich auf das Betteln verlegt, andere versteckten sich in den Wäldern, wieder andere wanderten über die Brandstätten, ohne irgendeine Arbeit verrichten zu können, voller Trauer um alles, was sie verloren hatten.

Als Frau Lucia von diesem Leid hörte, fand sie den Anblick der vielen Lebensmittel, die sich jetzt auf Börtsholm aufhäuften, unerträglich. Am Ende wurde der Gedanke an die hungernden Menschen auf dem anderen Seeufer so übermächtig, dass sie kaum noch einen Bissen an die Lippen führen konnte.

Jeden Tag dachte sie an die Geschichten, die im Kloster vorgelesen worden waren, über heilige Männer und Frauen, die sich bis auf den bloßen Leib ausgeplündert hatten, um den Armen und Leidenden zu helfen. Und vor allem dachte sie daran, wie ihre eigene Namenspatronin, die heilige Lucia von Syrakus, in ihrem Mitleid mit einem jungen Heiden, der sie wegen ihrer schönen Augen liebte, diese Augen aus ihren Höhlen gerissen und sie ihm blutig und erloschen geschenkt hatte, um ihn von dieser Liebe zu heilen, denn sie war eine christliche Jungfrau, die ihm nicht gehören konnte. Diese Erinnerungen quälten und ängstigten die junge Frau so sehr, und sie verachtete sich, da sie von der großen Not hören konnte und doch keinen ernstlichen Versuch unternahm, dieser abzuhelfen.

Als sie sich noch mit diesen Gedanken herumquälte, kam eine Nachricht von Herrn Eskil, der mitteilte, er müsse im Dienste des Königs nach Norwegen reisen und werde erst um die Weihnachtszeit wieder nach Hause kommen. Aber dann werde er nicht nur von seinen eigenen sechzig Männern begleitet werden, sondern auch von einer großen Schar von Freunden und Verwandten, und deshalb bat er Frau Lucia, ein großes und lange dauerndes Gastmahl vorzubereiten.

An dem Tag, an dem Frau Lucia also erfuhr, dass ihr Mann im Herbst nicht nach Hause kommen würde, beschloss sie, sich von der Angst zu befreien, die sie schon so lange quälte. Sie befahl ihren Leuten, alle auf Börtsholm angehäuften Lebensmittel ans Ufer zu schaffen. Dann wurde der Wintervorrat der Burg auf Boote und Nachen geladen, sicher zum großen Erstaunen der Burgbewohner.

Als Keller und Scheunen geleert waren, begab sich Frau Lucia mit ihren Kindern und ihren Dienern und Dienerinnen an Bord eines gutbemannten Schiffes, und während sie auf Börtsholm nur einige alte Wächter zurückließ, ließ sie sich mit ihrem gesamten Eigentum auf den großen See hinausrudern, der uferlos wie ein Meer vor ihr lag.

Über Frau Lucias Reise gibt es viele alte Sagen und Aufzeichnungen. Es heißt, dass der Teil des Vänernufers, an dem der Feind am ärgsten gewütet hatte, von seinen Bewohnern fast verlassen worden war. Frau Lucia kam recht mutlos dort an und hielt Ausschau nach Anzeichen von Leben, aber kein Rauch stieg zum Himmel auf, kein Hahn krähte und keine Kuh brüllte.

Doch in einer Gemeinde lebte noch ein alter Geistlicher, der Herr Kolbjörn genannt wurde. Er hatte seine Pfarrkinder nicht begleiten wollen, als die aus ihren zerstörten Häusern geflohen waren, denn Pfarrhof und Kirche waren voller Verwundeter. Bei denen war er geblieben, hatte ihre Wunden gepflegt und das wenige, was er selbst noch hatte, unter sie verteilt, ohne sich Ruhe oder Essen zu gönnen. Dann hatte an einem der düstersten Herbsttage, als schwere Wolken über den See streiften, als das Wasser sich zu schwarzen Wogen aufbäumte und die Düsterkeit der Natur Hoffnungslosigkeit und Not noch vergrößerte, der arme Herr Kolbjörn, der keine Messe mehr lesen konnte, versucht, an der Schnur der Kirchturmglocke zu ziehen, um damit Gottes Erbarmen auf seine Kranken herabzurufen. Und siehe! Kaum war der erste Glockenton verhallt, da näherte sich eine kleine Flotte aus Schiffen und Booten dem Ufer. Und aus einem Schiff stieg eine schöne junge Frau mit einem von Licht durchschimmerten Gesicht. Vor ihr gingen acht prachtvolle Kinder, und hinter ihr folgte eine lange Reihe von Bediensteten, die mit Lebensmitteln aller Art beladen waren: gebratenen Kälbern und Schafen, langen Spießen mit trockenen Brotfladen, Gefäßen mit Getränken und Säcken voll Mehl. Wie durch ein Wunder war im letzten Moment Hilfe gekommen.

Nicht weit von Herrn Kolbjörns Kirche, auf einer Landzunge, die scharf in den See hineinragte und Saxudden genannt wurde, lag seit langer Zeit ein alter Bauernhof. Der war nun abgebrannt und ausgeplündert worden, aber der Besitzer, ein Mann von zweiundsiebzig Jahren, liebte seinen Hof so sehr, dass er es nicht über sich gebracht hatte, diesen zu verlassen. Bei ihm geblieben waren seine alte Frau, ein kleiner Enkel und eine Enkelin. Sie hatten sich durch Fischen am Leben gehalten, aber der Sturm hatte eines Nachts ihr Boot zerstört, und seither saßen sie zwischen den Trümmern und warteten auf den Hungertod. Als sie noch warteten, dachte der Bauer an seinen Hund, der zwischen ihnen lag und zu verschmachten drohte. Er riss ein Stück Holz an sich, und mit letzter Kraft schlug er auf den Hund ein, um ihn zu vertreiben, denn der Hund sollte doch nicht aus Gründen sterben, mit denen er nichts zu tun hatte. Bei dem Schlag bellte der Hund laut und rannte fort. Die ganze Nacht strich er heulend um den Hof herum. Und er war weit draußen auf dem See zu hören, und noch ehe der Tag gekommen war, ging Frau Lucia, die das Gebell gehört hatte, mit Rettung und Hilfe an Land.

Noch weiter entfernt lag ein kleines von einer Mauer umgebenes Haus, in dem heilige Frauen wohnten, die Gott versprochen hatten, dieses Haus niemals zu verlassen. Diese frommen Schwestern waren von den Kriegsknechten so weit geschont worden, dass sie oder ihr Haus nicht zu Schaden gekommen waren, ihr gesamter Wintervorrat war ihnen allerdings genommen worden. Das einzige, was ihnen geblieben war, war ein Taubenschlag voller Tauben, und diese hatten sie nacheinander geschlachtet, bis nur noch eine übrig war. Diese Taube indes war sehr zahm, und die frommen Frauen liebten sie so sehr, dass sie nicht ihr eigenes Leben durch das der Taube verlängern wollten, deshalb öffneten sie ihren Käfig und schenkten ihr die Freiheit. Nun stieg die weiße Taube zu den Wolken hoch, danach flog sie herab und setzte sich auf den Dachfirst. Als jedoch Frau Lucia auf dem Wasser vorüberkam und nach jemandem Ausschau hielt, der Hilfe brauchte, sah sie die Taube und wusste, dass es dort, wo die Taube war, auch Menschen geben musste. Und Frau Lucia ging an Land und schenkte den frommen Frauen so viel zu essen, wie sie für den Winter brauchten.

Noch weiter im Süden hatte am Vänernufer ein Marktflecken gelegen, der jetzt ausgeplündert und verbrannt war. Nur die langen Stege, an denen sonst die Schiffe angelegt hatten, waren noch vorhanden. Unter den Stegen hatte sich in den Tagen der Verwüstung ein Mann, der Krämer Lasse genannt wurde, mit seiner Frau versteckt, und während über ihnen die Schlacht tobte, hatte die Frau ein Kind geboren. Seither war sie so krank, dass sie nicht hatte fliehen können, und der Mann war bei ihr geblieben. Ihr Elend war sehr groß, und jeden Tag bat die Frau ihren Mann, sie zu verlassen, aber das brachte er nicht über sich. Nun versuchte sie eines Nachts, aus ihrem Versteck zu kriechen und mit dem Kind ins Wasser zu gehen, denn sie dachte, wenn sie erst tot wären, könnte der Mann sein Leben retten. Aber das Kind schrie im kalten Wasser laut auf, und der Mann erwachte. Er holte beide wieder an Land, aber das Kind war so verängstigt, dass es die ganze Nacht lang schrie. Und das Geräusch wurde über das Wasser getragen und holte die Helfer, die suchend und wartend auf dem See umherruderten.

Solange sie noch Gaben hatte, fuhr Frau Lucia vor dem Vänernufer hin und her, und ihr war dabei so froh und leicht ums Herz wie nie zuvor. Denn während es nichts Schlimmeres gibt, als still und untätig zu bleiben, wenn man von Leid und Unglück der anderen hört, so schenkt es das größte Glück und eine wunderbare Ruhe, wenn man zumindest versucht zu helfen. Diese Erleichterung und Freude, ohne irgendeine Ahnung, dass ihr Böses bevorstehen könnte, verspürte sie noch immer, als sie spätabends vor dem Luciatag nach Börtsholm zurückkehrte. Bei dem Abendessen, das nur aus einigen Bechern Milch bestand, sprach sie mit ihren Reisegefährten über ihre Reise, und alle waren der Meinung, niemals schönere Tage verbracht zu haben.

»Aber jetzt wartet viel Arbeit auf uns«, sagte dann die Herrin. »Morgen werden wir den Lucientag nicht wie sonst mit Speis und Trank feiern. Wir müssen ohne Unterlass brauen und schlachten und backen, damit bei Herrn Eskils Heimkehr das Weihnachtsmahl bereitet ist.«

Das sagte die junge Frau ohne die geringste Sorge, denn sie wusste ja, dass ihr Stall und ihre Scheunen und Speicher voller Gottesgaben waren, auch wenn noch nichts davon in menschliche Nahrung verwandelt worden war.

So glücklich die Reise auch gewesen war, sie waren doch alle erschöpft und begaben sich zeitig zur Ruhe. Aber kaum hatte Frau Lucia ihre Augen geschlossen, da hörte sie vor der Burg das Dröhnen von Pferdehufen, des Klirren von Waffen und das Hallen von Rufen. Das Burgtor bewegte sich knirschend in den Angeln, das Pflaster des Hofes wurde von eifrigen Füßen betrampelt. Nun wusste sie, dass Herr Eskil mit seiner Reiterschar nach Hause gekommen war.

Eilig sprang Frau Lucia auf, um ihm entgegenzugehen. Als sie sich notdürftig angekleidet hatte, lief sie auf die Galerie hinaus, um über die Treppe auf den Burghof zu gelangen. Aber sie kam nicht weiter als bis zur obersten Treppenstufe, denn schon stand Herr Eskil mitten auf der Treppe und wollte zu ihrer Kammer.

Ein Fackelträger lief vor ihm her, und im Lichtschein glaubte Frau Lucia zu sehen, dass Herrn Eskils Gesicht in entsetzlicher Wut verzerrt war. Für einen Moment hoffte sie, das rote rauchgeschwärzte Licht der Fackel mache sein Gesicht so düster und drohend, aber als sie sah, wie Kinder und Diener mit ängstlicher Miene und gesenkten Blicken zurückwichen, musste sie sich eingestehen, dass ihr Mann überaus zornig heimgekehrt war, um Gericht zu halten und Strafen zu verhängen.

Während Frau Lucia noch auf Herrn Eskil hinabblickte, entdeckte er auch sie, und mit wachsender Angst sah sie, dass sein Gesicht sich zu einem gezwungenen Lächeln verzog.

»Kommt Ihr nun, holde Gattin, um mir eine Willkommensmahlzeit anzubieten?« spottete er. »Aber diesmal habt Ihr Euch diese liebe Mühe vergebens gemacht, denn ich und meine Mannen haben unsere Abendmahlzeit bei Eurer Verwandten Frau Rangela eingenommen. Morgen jedoch«, fügte er hinzu, und nun überkam ihn der Zorn, und er schlug mit der Faust auf das Treppengeländer, »erwarten wir, dass Ihr zu Ehren Eurer Namenspatronin, Sancta Lucia, uns mit einem Frühstück empfangt, so gut, wie dieses Haus es überhaupt liefern kann, und Ihr dürft auch nicht vergessen, mir beim ersten Hahnenschrei meinen Morgentrunk zu kredenzen.«

Die junge Burgherrin brachte kein Wort heraus. Wie schon im Sommer, als ihr zum ersten Mal der Verdacht gekommen war, Frau Rangela könne Böses gegen sie im

Schilde führen, stand sie da, mit Tränen in den Augen und die Hände aufs Herz gepresst. Denn es lag doch auf der Hand, dass Frau Rangela Herrn Eskil so früh nach Hause gerufen hatte, um ihn gegen seine Frau aufzustacheln, indem sie ihm erzählte, was Frau Lucia mit seinem Eigentum angestellt hatte.

Aber Herr Eskil stieg zwei Stufen höher, und ohne sich von der Angst seiner Gattin auch nur im geringsten erweichen zu lassen, beugte er sich zu ihr vor und sprach mit fürchterlicher Stimme:

»Beim Kreuze unseres Herrn, Frau Lucia, lasst Euch das gesagt sein, wenn dieses Frühstück mir nicht gefällt, werdet Ihr es bis an das Ende Eurer Tage bereuen.«

Damit legte er eine schwere Hand auf die Schulter seiner Gattin und schob sie vor sich her ins Schlafgemach.

Auf dieser Wanderung ins Schlafzimmer erschien es Frau Lucia, als sei etwas, das ihr bisher auf seltsame Weise verborgen gewesen war, plötzlich offenbart worden. Sie erkannte, dass sie selbstherrlich und unbedacht gehandelt hatte und dass Herr Eskil durchaus Grund haben konnte, ihr zu zürnen, da sie, ohne ihn zu fragen, über sein Eigentum verfügt hatte. Sie versuchte also jetzt, da sie allein waren, ihm das voller Reue zu sagen und ihn für ihre jugendliche Torheit um Vergebung zu bitten, aber er ließ sie nicht zu Wort kommen.

»Legt Euch zu Bett, Frau Lucia«, sagte er, »und steht morgen früh ja zeitiger auf als sonst! Wenn Euer Morgentrunk und Euer Willkommensmahl nicht zu meiner Zufriedenheit ausfallen, dann liegt vor Euch ein Weg, für den Ihr alle Eure Kräfte benötigen werdet.«

Mit dieser Antwort musste sie sich zufriedengeben, auch wenn ihre Angst nur noch größer wurde, und wir können ja verstehen, dass sie in dieser Nacht kein Auge mehr zumachte. Sie dachte immer wieder daran, was ihr Mann gesagt hatte, und je länger sie über seine Worte nachdachte, umso klarer wurde ihr, dass er eine schreckliche Drohung gegen sie ausgesprochen hatte. Bestimmt hatte er beschlossen, sie erst zu verurteilen, wenn er sich davon überzeugt hätte, dass sie sich so schlimm verhalten hatte, wie Frau Rangela das behauptete. Aber wenn sie ihn nicht befehlsgemäß bewirten könnte, wartete eine entsetzliche Strafe auf sie. Das mindeste wäre dann wohl, dass sie für unwürdig befunden werden würde, noch länger seine Gemahlin zu sein, dann würde sie zu ihren Eltern heimgeschickt werden, doch aus seinen letzten Worten glaubte sie zu verstehen, dass er dazu noch vorhatte, sie wie eine schnöde Diebin zwischen seinen Männern Spießruten laufen zu lassen.

Als sie sich das alles vorgestellt hatte – übrigens zu Recht, denn Frau Rangela hatte Herrn Eskil wirklich in einen wahnsinnigen Zorn versetzt –, zitterte Frau Lucia, sie klapperte mit den Zähnen und wähnte sich dem Tode nah. Sie wusste, dass sie die Stunden der Nacht nutzen musste, um Hilfe und Auswege zu finden, aber ihre furchtbare Angst lähmte sie, und deshalb blieb sie bewegungslos liegen. »Wie soll ich denn morgen früh meinen Herrn und seine sechzig Männer bewirten«, sagte sie sich hoffnungslos. »Da kann ich auch gleich still liegen bleiben und warten, bis das Unglück über mich hereinbricht.«

Das einzige, was sie zu ihrer Rettung tun konnte, war,

Stunde um Stunde brennende Gebete an die heilige Lucia von Syrakus zu richten.

»Ach, heilige Lucia, meine geliebte Namenspatronin«, betete sie, »morgen ist der Tag, an dem du den Märtyrertod erlitten hast und ins himmlische Paradies eingegangen bist. Erinnere dich daran, wie düster und kalt und hart es hier auf Erden war! Komm in dieser Nacht zu mir und hol mich fort von hier. Komm und schließe meine Augen im Schlaf des Todes. Du weißt, dass ich nur so Schande und grausamer Bestrafung entrinnen kann.«

Während sie auf diese Weise die heilige Lucia um Hilfe anflehte, verging die Nacht, und der gefürchtete Morgen rückte näher. Lange ehe sie damit gerechnet hatte, ertönte der erste Hahnenschrei, die Knechte, die sich um das Vieh kümmern mussten, liefen über den Burghof zu ihrer Arbeit, und die Pferde richteten sich wiehernd in ihren Ställen auf.

Jetzt erwacht auch Herr Eskil, dachte Lucia. Er wird mir sofort befehlen, seinen Morgentrunk zu bringen, und ich werde gestehen müssen, dass ich so töricht gehandelt habe, dass ich ihm weder Met noch Bier aufwärmen kann.

In diesem Moment der höchsten Gefahr für die junge Burgherrin konnte ihre himmlische Freundin, die heilige Lucia, die ja wusste, dass ihr Schützling sich nur durch allzu große Barmherzigkeit falsch verhalten hatte, dem Wunsch, ihr beizustehen, nicht länger widerstehen. Der irdische Leib der Heiligen, der seit vielen Jahrhunderten in den engen Grabkammern der Katakomben von Syrakus geruht hatte, wurde plötzlich von einem lebendigen Geist erfüllt, gewann seine Schönheit und den Gebrauch seiner Glieder wieder, hüllte sich in ein aus Sternenlicht gewebtes Gewand und begab sich dann abermals in die Welt hinaus, in der Lucia einst gelitten und geliebt hatte.

Und nur wenige Augenblicke später sah der verdutzte Torwächter auf Börtsholm ein Wunder, eine Feuerkugel, die weit hinten im Süden auftauchte. Die Kugel reiste schneller, als das Auge ihr folgen konnte, kam auf Börtsholm zu, schoss so dicht an dem Wächter vorbei, dass sie ihn fast gestreift hätte, und war dann verschwunden. Aber auf diesem Feuerball, glaubte der Wächter zumindest, reiste eine junge Frau, die sich mit den Zehenspitzen aufstützte, die Arme hob und gleichsam spielend und tanzend das glühende Fahrzeug lenkte.

Fast im selben Moment sah die in Angst und Beben wachende Frau Lucia einen Schimmer, der durch einen Türspalt in ihr Schlafgemach drang. Und als die Tür gleich darauf geöffnet wurde, trat zu ihrem Erstaunen und ihrer Freude eine schöne Jungfrau, gewandet in Kleider so weiß wie Sternenlicht, ins Zimmer. Ihre langen schwarzen Haare waren zu einer Girlande gebunden, aber daran saßen keine Blätter und Blüten, sondern kleine blinkende Sterne. Diese Sterne erleuchteten die ganze Kammer, und doch schien es Frau Lucia, dass ihr Licht sich nicht mit dem in den Augen der schönen Fremden vergleichen lassen könnte, denn die waren nicht nur vom klarsten Glanz, sondern strahlten zudem himmlische Liebe und Barmherzigkeit aus.

In ihrer Hand hielt die fremde Jungfrau eine große Kupferkanne, der ein milder Duft nach edlem Traubensaft entströmte, und damit schwebte sie durch die Kammer zu Herrn Eskil, goss etwas Wein in eine kleinere Schale und bot ihm zu trinken an.

Herr Eskil, der gut geschlafen hatte, erwachte, als das Licht über seine Augenlider huschte, und führte die Schale an seine Lippen. In seinem schlaftrunkenen Zustand begriff er kaum mehr von dem Wunder, als dass der Wein, der ihm angeboten wurde, überaus wohlschmeckend war, und er leerte die Schale bis auf den letzten Tropfen.

Aber dieser Wein, bei dem es sich kaum um einen anderen handeln konnte als den edlen Malvasier, die Ehre des Südens und die Krone aller Weinsorten, war dermaßen einschläfernd, dass Herr Eskil, kaum hatte er die Schale zurückgestellt, auch schon auf sein Lager zurücksank. Und im selben Moment schwebte die schöne heilige Jungfrau aus dem Zimmer und ließ Frau Lucia in einem Zustand aus bebender Verwunderung und frischerwachter Hoffnung zurück.

Die holde Helferin begnügte sich aber nicht damit, nur Herrn Eskil zu bewirten. An dem dunklen, kalten Wintermorgen schwebte sie durch die düsteren Säle der schwedischen Burg und bot jedem einzelnen der schlafenden Kriegsknechte eine Schale vom freudenspendenden Wein des Südens an.

Allen, die tranken, kam es vor, als hätten sie himmlische Wonnen gekostet. Und alle versanken sofort in einen Schlaf, erfüllt von Träumen von Gefilden, in denen ewiger Sommer und ewiges Sonnenlicht herrschten.

Frau Lucia aber hatte gerade erst die lichte Offenbarung verschwinden sehen, als Angst und Hoffnungslosigkeit, die sie die ganze Nacht gequält hatten, ganz einfach in tausend Stücke zersprangen. Sie zog sich eilig an und rief danach das gesamte Gesinde zur Arbeit.

An diesem langen Wintermorgen bemühten sich sodann alle, Herrn Eskils Willkommensmahlzeit zuzubereiten. Junge Kälber, Schweine, Gänse und Hühner mussten in aller Eile ihr Leben lassen, Teig wurde angesetzt, unter Kochtöpfen und in Backöfen wurde Feuer geschürt, Kohl wurde gebräunt, Rüben wurden geschält, und zum Nachtisch wurde Honigkuchen gebacken.

Die Tische im Festsaal wurden mit Damasttüchern bedeckt, die teuren Wachskerzen wurden aus tiefen Truhen geholt, und auf den Bänken wurden blaue Federpolster und Decken ausgelegt.

Während dieser ganzen Vorbereitungen schliefen der Burgherr und seine Leute. Als Herr Eskil endlich aufwachte, sah er am Stand der Sonne, dass bereits die Mittagsstunde gekommen war. Er staunte nicht nur über seinen langen Schlaf, sondern vielleicht noch mehr darüber, dass der Zorn, der ihn am Vorabend gequält hatte, durch diesen Schlaf verflogen war. Seine Gattin hatte sich ihm in den Träumen des Morgens mit großer Milde und Schönheit gezeigt, und er staunte über sich selbst, weil er sie zu einer harten und schändlichen Strafe hatte verurteilen wollen.

Vielleicht ist es ja doch nicht so schlimm, wie Frau Rangela mir einreden wollte, dachte er. Ich kann sie zwar nicht als meine Gattin behalten, wenn sie mein Eigentum verschleudert hat, aber es muss Strafe genug sein, sie zu ihren Eltern zurückzuschicken.

Als er seine Kammer verließ, erwarteten ihn seine acht Kinder und führten ihn in den Festsaal. Dort saßen seine Männer bereits zu Tisch und warteten ungeduldig auf sein Eintreffen, um sich über die Mahlzeit herzumachen. Denn der Tisch bog sich unter den vielen Köstlichkeiten.

Frau Lucia setzte sich neben ihren Mann, ohne ihre Angst zu zeigen, doch sie war nicht von aller Unruhe befreit, denn sie hatte zwar in aller Eile ein Festmahl herrichten können, aber noch immer fehlte es an Bier und Met, die sich nicht so rasch brauen lassen. Und sie wusste ja nicht, ob Herr Eskil sich mit einem Frühstück zufriedengeben würde, bei dem die Getränke fehlten.

Aber nun sah sie vor sich auf dem Tisch die große Kupferkanne, aus der die heilige Jungfrau ausgeschenkt hatte. Dort stand die Kanne, bis an den Rand mit duftendem Wein gefüllt. Abermals war Frau Lucia glücklich über den Schutz der barmherzigen Heiligen, und sie bot Herrn Eskil den Wein an, während sie erzählte, wie der nach Börtsholm gelangt war, und während ihr Gemahl voller Staunen zuhörte.

Als Herr Eskil den Wein, der diesmal jedoch nicht einschläfernd wirkte, zum zweiten Mal gekostet hatte, fasste Frau Lucia sich abermals ein Herz und berichtete von ihrer Reise. Herr Eskil machte zuerst ein überaus ernstes Gesicht, doch als sie von dem Priester, Herrn Kolbjörn, erzählte, rief er:

»Herr Kolbjörn ist ein sehr guter Freund von mir, Frau Lucia. Ich bin von Herzen froh, dass Ihr ihm helfen konntet.«

Dann stellte es sich heraus, dass der Gutsherr von

Saxudden in vielen Feldzügen Herrn Eskils Waffenbruder gewesen war, dass sich unter den frommen Frauen eine Verwandte von ihm befand und dass Krämer Lasse aus dem Marktflecken ihm Kleidung und Waffen aus dem Ausland zu besorgen pflegte. Noch ehe Frau Lucia ihren Bericht beendet hatte, hatte Herr Eskil ihr nicht nur verziehen, er war ihr zudem von Herzen dankbar, weil sie so vielen seiner Freunde geholfen hatte.

Doch die Angst, die Frau Lucia während der Nacht erlitten hatte, überkam sie ein weiteres Mal, und mit Tränen in der Stimme sagte sie endlich:

»Jetzt aber habe ich das Gefühl, lieber Herr, dass ich sehr unrecht gehandelt habe, da ich, ohne Euch um Erlaubnis zu fragen, Euer Eigentum verschenkt habe. Aber ich bitte Euch, denkt an meine Jugend und Unerfahrenheit und verzeiht mir deshalb.«

Als Frau Lucia das gesagt hatte und Herr Eskil begriff, dass seine Gattin so fromm war, dass eine Bewohnerin des Himmels irdische Gestalt angenommen hatte, um ihr zu Hilfe zu kommen, und als er dann bedachte, wie er, der als weiser und bedächtiger Mann gelten wollte, sie verdächtigt hatte und bereit gewesen war, sie mit seinem Zorn zu überschütten, schämte er sich so von Herzen, dass er die Augen niederschlug und ihr nicht mit einem Wort antworten konnte.

Als Frau Lucia ihn so stumm und mit gesenktem Kopf dasitzen sah, erschrak sie abermals und wäre am liebsten weinend davongestürzt. Doch da trat, von allen ungesehen, die barmherzige Lucia in den Saal, schlich sich zu der jungen Frau und flüsterte ihr ins Ohr, was sie nun noch sagen sollte. Und es waren just die Worte, die Frau

Lucia selbst gern ausgesprochen hätte, aber ohne himmlische Ermutigung hätte sie sicher niemals genug Mut aufgebracht.

»Um eins möchte ich Euch nun bitten, mein lieber Herr und Gemahl«, sagte sie, »und zwar, dass Ihr von nun an mehr zu Hause bleiben mögt. Denn dann würde ich nie in Versuchung kommen, gegen Euren Willen zu handeln, und ich könnte Euch all die Liebe zeigen, die ich Euch entgegenbringe, und niemand könnte sich zwischen Euch und mich drängen.«

Als diese Worte gesagt waren, merkten alle, dass sie Herrn Eskil nur zu gut gefielen. Er hob den Kopf, und die große Freude, die er verspürte, verjagte seine Schuldgefühle.

Er wollte seiner Gattin gerade eine überaus freundliche Antwort geben, als einer von Frau Rangelas Vögten in den Festsaal gestürzt kam. Er berichtete, dass Frau Rangela in der frühesten Morgenstunde nach Börtsholm aufgebrochen war, um Frau Lucias Bestrafung beizuwohnen. Doch unterwegs waren ihr Bauern begegnet, die sie wegen des Brückenzolls hassten, und im Schutze der Dunkelheit hatten sie Frau Rangelas einzigen Diener in die Flucht getrieben, sie dann vom Pferd gezerrt und sie elendiglich erschlagen.

Jetzt wollte Frau Rangelas Vogt Jagd auf die Mörder machen und verlangte, dass auch Herr Eskil seine Leute dazu aussandte.

Doch nun erhob sich Herr Eskil und sprach mit lauter, strenger Stimme:

»Es erscheint mir hier angebracht, den Bitten meiner Gattin Gehör zu schenken, aber vorher möchte ich die

Sache mit Frau Rangela hinter mich bringen. Und da sage ich, dass sie von mir aus ruhig ungerächt bleiben kann, und ich werde auch meine Diener nicht aussenden, um ihretwegen Blutarbeit zu leisten, denn ich bin sicher, dass ihre bösen Taten sie ereilt haben.«

Als er das gesagt hatte, wandte er sich Frau Lucia zu, und nun war seine Stimme so mild, dass man kaum hätte glauben mögen, dass solcher Klang in seiner Kehle wohnte.

»Aber meiner geliebten Gattin möchte ich antworten, dass ich ihr gern verzeihe, so, wie ich hoffe, dass sie mir meine Heftigkeit vergibt. Und da es ihr Wunsch ist, werde ich dem König mitteilen, dass er sich einen anderen Berater suchen muss, denn nun möchte ich bei zwei edlen Damen in Dienst treten. Die eine ist meine Gattin, die andere die heilige Lucia von Syrakus, für die ich in allen Kirchen und Kapellen auf meinen Ländereien einen Altar aufstellen werde, um sie zu bitten, dass sie in uns, die wir in der Kälte des Nordens verschmachten, die Flamme und den Leitstern der Seele, die Barmherzigkeit genannt werden, am Leben erhalten möge.«

Am 13. Dezember, in früher Morgenstunde, wenn Kälte und Dunkelheit auf Värmland lasteten, kam noch in meiner Kindheit die heilige Lucia von Syrakus in alle Häuser, die zwischen den Bergen Norwegens und dem Fluss Gullspångälv lagen. Sie trug noch immer, zumindest in den Augen der kleinen Kinder, ein Kleid aus weißem Sternenlicht und in den Haaren einen Kranz aus brennenden Lichtblumen, und sie weckte die Schlafenden mit einem warmen duftenden Trunk aus ihrer Kupferkanne.

Ich kannte keinen schöneren Anblick, als wenn die Tür sich öffnete und die heilige Lucia in die Dunkelheit der Kammer trat. Und ich wünschte mir, sie hörte niemals auf, sich auf den värmländischen Höfen zu zeigen. Denn sie ist das Licht, das die Dunkelheit besiegt, sie ist die Legende, die das Vergessen überwindet, sie ist die Herzenswärme, die gefrorene Stellen mitten im Winter angenehm und sonnig werden lässt.

Übersetzt von Gabriele Haefs

Die Legende von der Christrose

Die Räubermutter, die in der Räuberhöhle oben im Göingewald lebte, war eines Tages auf Bettelfahrt unten in der Ebene losgezogen. Der Räubervater selbst war vogelfrei und traute sich nicht, den Wald zu verlassen, er begnügte sich damit, aus dem Hinterhalt Reisende zu überfallen, die sich in das Waldgebiet wagten. Doch zu der Zeit gab es nicht viele Reisende im nördlichen Schonen. Wenn der Mann also mehrere Wochen lang kein Glück bei seiner Jagd gehabt hatte, machte sich die Ehefrau auf den Weg. Sie hatte ihre fünf Kinder bei sich, und jedes Kind trug zerrissene Lederkleider und Rindenschuhe und auf dem Rücken einen Sack, der genauso groß war wie der Knirps selbst. Sobald sie ein Haus betrat, traute sich niemand, ihr das vorzuenthalten, was sie haben wollte, denn sie scheute sich nicht, in der nächsten Nacht zurückzukehren und Feuer zu legen, wenn sie nicht gut genug empfangen worden war. Die Räubermutter und ihre Kinder waren schlimmer als ein Wolfsrudel, und viele hätten nicht übel Lust gehabt, sie aufzuspießen, doch dazu kam es nie, weil man wusste, dass der Alte noch oben im Wald hauste, und er wüsste schon, wie man sich rächt, wenn seinen Kindern und seiner Frau etwas zugestoßen wäre.

Als nun die Räubermutter bettelnd von Hof zu Hof ging, kam sie eines schönen Tages nach Öved, wo zu der Zeit ein Kloster lag. Sie klingelte an der Klosterpforte und begehrte etwas zu essen, und die Torwache öffnete eine kleine Luke im Tor und reichte ihr sechs runde Brote, eines für sie und eines für jedes ihrer Kinder.

Während die Mutter ruhig am Tor wartete, liefen die Kinder umher. Und nach einer Weile kam einer der Jungen zu ihr und zupfte an ihrem Kleid als Zeichen, dass er etwas gefunden hatte und sie kommen und es anschauen sollte, und die Räubermutter ging sofort mit ihm.

Das ganze Kloster war von einer hohen, dicken Mauer umgeben, doch der Junge hatte trotz allem eine kleine Hinterpforte gefunden, die nur angelehnt war. Als die Räubermutter dort ankam, schob sie augenblicklich das Türchen auf und trat, ohne um Erlaubnis zu fragen, ein, so wie sie es immer tat.

Öveds Kloster wurde zu der Zeit von Abt Hans geleitet, einem kräuterkundigen Mann. Er hatte innerhalb der Klostermauern einen kleinen Kräutergarten angelegt, und in diesen drang die Räubermutter nun ein.

Beim ersten Anblick war die Räubermutter derart erstaunt, dass sie am Eingang stehenblieb. Es war Hochsommer, und Abt Hans' Kräutergarten stand so voll in Blüte, dass es vor Blau, Rot und Gelb nur so funkelte, wenn man ihn betrachtete. Doch bald breitete sich ein zufriedenes Lächeln auf ihrem Gesicht aus, und sie lief einen schmalen Gang zwischen vielen kleinen Blumenbeeten entlang.

Im Garten lief ein Laienbruder umher und zupfte Unkraut. Er war es gewesen, der die Pforte in der Mauer hatte halb offen stehen lassen, um Melde und Quecke auf den Abfallhaufen draußen zu werfen. Als er die Räubermutter mit ihren fünf Kindern im Schlepptau im Kräutergarten entdeckte, lief er sofort zu ihnen und befahl ihnen, sich zu trollen. Doch die Alte ging weiter zielstrebig geradeaus. In alle Richtungen warf sie Blicke, schaute mal auf die steifen weißen Lilien, die sich auf einem Beet ausbreiteten, mal auf das Efeu, das die Klostermauern hochkletterte, und kümmerte sich nicht im geringsten um den Laienbruder.

Der Laienbruder nahm an, dass sie ihn nicht verstanden hatte. Er wollte sie am Arm packen, um sie Richtung Ausgang zu drehen, doch als die Räubermutter seine Absicht erkannte, warf sie ihm einen Blick zu, der ihn mehrere Schritte zurückweichen ließ. Bisher war sie gebückt gelaufen, von dem Bettlersack nach unten gedrückt, doch jetzt richtete sie sich zu voller Größe auf.

»Ich bin die Räubermutter aus dem Göingewald«, sagte sie. »Fass mich an, wenn du dich traust!« Und es war offensichtlich, dass sie, als sie das sagte, ebenso sicher war, in Ruhe ihren Weg fortsetzen zu können, als wenn sie erklärt hätte, sie sei die Königin von Dänemark.

Doch der Laienbruder wagte es dennoch, sie aufzuhalten, auch wenn er jetzt, nachdem er erfahren hatte, wer sie war, vorsichtiger mit ihr sprach.

»Du musst wissen«, sagte er, »das hier ist ein Mönchskloster, und keiner Frau im ganzen Land ist es erlaubt, ins Innere der Mauern zu treten. Wenn du nicht deines Weges gehst, dann werden die Mönche wütend auf mich werden, weil ich vergessen habe, die Tür zu verschließen, und sie werden mich möglicherweise aus dem Kräutergarten und dem Kloster werfen.«

Doch solches Flehen war vergebliche Liebesmühe bei der Räubermutter. Sie ging weiter entlang des kleinen

Rosenquadrats und betrachtete den Ysop mit seinen violetten Blüten und das Geißblatt, das voll mit gelb-roten Blütenquasten hing.

Da wusste der Laienbruder keinen Rat mehr, er lief ins Kloster und holte Hilfe.

Er kam zurück mit zwei kräftigen Mönchen, und die Räubermutter erkannte sofort, dass es jetzt ernst wurde. Sie stellte sich breitbeinig auf den Weg und schrie mit schriller Stimme, welch schreckliche Rache sie an dem Kloster nehmen werde, wenn man ihr nicht erlaube, so lange in dem Kräutergarten zu bleiben, wie sie wollte. Doch die Mönche schienen sie nicht zu fürchten und dachten nur daran, sie schnellstmöglich zu vertreiben. Da stieß die Räubermutter schrille Schreie aus, warf sich auf sie und kratzte und biss, und ihre Kinder taten es ihr gleich.

Die drei Männer erkannten bald, dass sie ihnen über-legen war. Es blieb ihnen nichts anderes übrig, als ins Kloster zurückzugehen und Verstärkung zu holen.

Als sie den Gang entlangliefen, der ins Kloster führte, begegneten sie Abt Hans, der herbeigeeilt war, um zu erfahren, was das für ein Lärm war, der aus dem Kräu-tergarten kam. Sie mussten zugeben, dass die Räuber-mutter aus dem Göingewald ins Kloster eingedrungen war und dass sie nicht allein imstande gewesen waren, sie wieder zu vertreiben, sondern dafür Verstärkung brauchten.

Doch Abt Hans warf ihnen vor, Gewalt angewandt zu haben, und verbot ihnen, weitere Hilfe zu holen. Er schickte die beiden Mönche zurück an ihre Arbeit, und obwohl er ein alter, gebrechlicher Mann war, nahm er ausschließlich den Laienbruder mit sich in den Kräutergarten.

Als Abt Hans dort ankam, lief die Räubermutter wie zuvor zwischen den Blumenbeeten hin und her. Und er konnte sich nicht genug über sie wundern. Er war überzeugt davon, dass sie nie zuvor in ihrem Leben einen Kräutergarten gesehen hatte. Und dennoch ging sie von einem Beet zum nächsten, die alle mit den verschiedensten fremden und seltenen Blumen bepflanzt waren, und betrachtete sie alle, als wären sie alte Bekannte. Es sah so aus, als kannte sie Immergrün, Salbei und Rosmarin. Bei einigen schmunzelte sie, bei anderen schüttelte sie den Kopf.

Abt Hans liebte seinen Kräutergarten so sehr, wie man etwas nur lieben kann, das irdisch und vergänglich ist. Und wie wild und verkommen diese fremde Frau auch aussah, so musste er sich doch eingestehen, dass es ihm imponierte, dass sie mit drei Mönchen gekämpft hatte, um in Ruhe den Garten Eden betrachten zu können. Er trat zu ihr und fragte ruhig, ob ihr der Kräutergarten gefalle.

Die Räubermutter drehte sich abrupt zu Abt Hans um, von dem sie nur Hinterhalt und Überfall erwartete, doch als sie sein weißes Haar und seinen gebeugten Rücken sah, antwortete sie ganz friedlich:

»Beim ersten Blick auf den Garten dachte ich, ich hätte nie etwas Schöneres gesehen, aber jetzt weiß ich, dass er nichts ist im Vergleich zu einem anderen, den ich kenne.«

Abt Hans hatte sicher eine andere Antwort erwartet. Als er hörte, dass die Räubermutter einen Garten gesehen hatte, der schöner war als seiner, bildete sich eine leichte Röte auf seinen faltigen Wangen.

Der Laienbruder, der neben den beiden stand, wollte augenblicklich die Räubermutter zurechtweisen.

»Das ist der Abt Hans«, erklärte er, »der selbst mit großem Eifer und viel Mühe die Blumen für seinen Kräutergarten in Fern und Nah gesammelt hat. Wir alle wissen, dass es in ganz Schonen keinen prächtigeren Garten gibt, und es steht dir, die du das ganze Jahr im wilden Wald lebst, nicht zu, seine Arbeit zu schulmeistern.«

»Ich will mich gar nicht zum Schulmeister machen, weder über ihn noch über dich«, sagte die Räubermutter, »ich sage nur, wenn ihr den Garten sehen könntet, an den ich denke, ihr würdet alle Blumen, die hier stehen, ausreißen und sie wie Unkraut wegwerfen.«

Doch der Kräutergartenhüter war kaum weniger stolz auf die Blumen als Abt Hans selbst, und als er diese Worte hörte, fing er an höhnisch zu lachen.

»Mir ist schon klar, dass du nur so redest, um uns zu ärgern. Das muss ja ein schöner Garten sein, den du im Göingewald zwischen Kiefern und Wacholder angelegt hast. Ich möchte meine Seele verwetten, dass du noch nie zuvor in den Mauern eines Kräutergartens gewesen bist.«

Die Räubermutter wurde rot vor Wut, dass ihr so wenig geglaubt wurde, und sie rief aus:

»Es kann schon sein, dass ich noch nie zuvor in den Mauern eines Kräutergartens gewesen bin, doch ihr Mönche, die ihr doch heilige Männer seid, ihr solltet wissen, dass der große Göingewald sich in jeder Weih-

49

nachtsnacht in einen Garten Eden verwandelt, um die Stunde der Geburt unseres Herrn zu feiern. Wir, die im Wald leben, haben es jedes Jahr miterlebt, und in diesem Garten habe ich so herrliche Blumen gesehen, dass ich nicht gewagt habe, meine Hand zu heben, um sie zu pflücken.«

Der Laienbruder wollte etwas erwidern, doch Abt Hans gab ihm ein Zeichen, zu schweigen. Denn Abt Hans hatte in seinen Kindertagen davon gehört, dass sich der Wald in der Weihnachtsnacht mit einem Festkleid schmückt. Schon oft hatte er sich danach gesehnt, dieses Schauspiel zu erleben, aber bisher war es ihm nie geglückt. Deshalb bat er jetzt die Räubermutter inständig um Erlaubnis, in der Weihnachtsnacht hoch zur Räuberhöhle kommen zu dürfen. Wenn sie nur eines ihrer Kinder schickte, das ihm den Weg zeigte, würde er sich allein dorthin aufmachen, und er würde sie niemals verraten, sondern sie stattdessen so reichlich belohnen, wie es in seiner Macht stand.

Zunächst weigerte sich die Räubermutter, denn sie dachte an den Räubervater und die Gefahr, die ihm drohte, wenn sie den Abt Hans zu ihrer Höhle führte. Doch dann wurde der Wunsch, dem Mönch zu zeigen, dass der Garten, den sie kannte, schöner war als seiner, doch zu übermächtig, und sie willigte ein.

»Aber mehr als einen Wegbegleiter darfst du nicht mitnehmen«, entschied sie. »Und eine Falle oder einen Hinterhalt darfst du uns nicht bereiten, so wahr du ein heiliger Mann bist.«

Das gelobte Abt Hans, und damit ging die Räubermutter. Und Abt Hans befahl dem Laienbruder, niemandem zu verraten, was sie abgemacht hatten. Er fürchtete, dass seine Mönche einem so alten Mann, wie er es war, nicht erlauben würden, zur Räuberhöhle hoch zu ziehen, wenn sie von seinem Vorhaben erführen.

Er selbst wollte auch niemandem etwas von dem Plan verraten. Doch dann geschah es, dass der Erzbischof Absalon aus Lund nach Öved reiste und dort über Nacht blieb. Als Abt Hans ihm seinen Kräutergarten zeigte, wanderten seine Gedanken zum Besuch der Räubermutter, und der Laienbruder, der in den Beeten arbeitete, hörte, wie der Abt dem Bischof von dem Räubervater berichtete, der seit vielen Jahren als Vogelfreier im Wald lebte, und bat um einen Schutzbrief für ihn, damit er wieder ein ehrliches Leben unter anderen Menschen führen könnte.

»Wie es jetzt aussieht«, sagte Abt Hans, »wachsen seine Kinder zu noch schlimmeren Übeltätern heran, als er einer ist, und bald habt ihr es mit einer ganzen Räuberbande da oben im Wald zu tun.«

Doch Erzbischof Absalon erwiderte, dass er den bösartigen Räuber nicht unter das ehrliche Volk auf der Ebene lassen wolle. Es sei für alle das beste, wenn er oben im Wald bliebe.

Abt Hans wurde ganz eifrig und begann dem Bischof davon zu erzählen, wie sich der Göingewald jedes Jahr zu Weihnachten schmückte.

»Wenn diese Räuber nicht zu gering dafür sind, dass Gottes Herrlichkeit sich ihnen zeigt«, sagte er, »dann können sie doch wohl auch nicht zu böse sein, um die Gnade der Menschen zu erlangen.«

Doch der Erzbischof wusste dem Abt Hans zu antworten.

»So viel kann ich dir versprechen, mein lieber Abt Hans«, sagte er schmunzelnd, »an dem Tag, an dem du mir eine Blume aus dem Weihnachtsgarten im Göingewald schickst, werde ich für alle Vogelfreien, für die du bittest, einen Schutzbrief aufsetzen.«

Dem Laienbruder war klar, dass Bischof Absalon ebenso wenig wie er selbst an die Erzählung der Räubermutter glaubte, doch Abt Hans merkte davon nichts, er bedankte sich bei Absalon für sein großzügiges Versprechen und versicherte, dass er die Blume schon schicken werde.

Abt Hans bekam seinen Willen; am nächsten Heiligabend saß er nicht daheim in Öved, sondern war auf dem Weg zum Göingewald. Eines der wilden Kinder der Räubermutter lief ihm voraus, und als Wegbegleiter hatte er den Laienbruder ausgewählt, der mit der Räubermutter im Kräutergarten gesprochen hatte.

Abt Hans hatte sich lange danach gesehnt, diese Reise zu unternehmen, und jetzt war er froh, dass sie endlich zustande gekommen war. Ganz anders sah es mit dem Laienbruder aus, der ihm folgen sollte. Er schätzte Abt Hans sehr, und er hätte auf keinen Fall einem anderen erlaubt, ihn an seiner statt zu begleiten und über ihn zu wachen, aber er glaubte keinen Moment, dass sie eine Art von Weihnachtsgarten sehen würden. Er dachte, dass es sich bei dem Ganzen um eine Falle handelte, von der Räubermutter mit großer Schläue aufgestellt, damit Abt Hans ihrem Mann in die Hände falle.

Während Abt Hans nordwärts auf die Wälder zuritt, sah er, wie überall die Weihnachtsfeiern vorbereitet wurden. In jedem Bauerndorf wurde das Feuer in der Sauna entzündet, damit es heiß genug war für den Saunagang am Nachmittag. Aus den Vorratsspeichern wurden Unmengen an Fleisch und Brot in die Stuben geschleppt, und aus den Scheunen kamen die Knechte mit großen Heubündeln, die auf dem Boden verstreut werden sollten.

Als er an den kleinen Landkirchen vorbeiritt, sah er, dass der Pfarrer und die Glöckner dabei waren, sich die schönsten Gewänder anzuziehen, die sie nur finden konnten, und als er zur Wegscheide kam, die zum Bosjökloster führte, kamen die Armen ihnen entgegen, die Arme voll mit großen Broten und langen Kerzen, die sie am Klostertor erhalten hatten.

Als Abt Hans all diese Weihnachtsvorbereitungen sah, versuchte er sich noch mehr zu beeilen. Er dachte daran, dass auf ihn ein viel größeres Fest wartete, als irgendeiner der anderen feiern würde.

Doch der Laienbruder stöhnte und jammerte, als er sah, wie sie auch auf dem kleinsten Hof die Weihnachtsfeier vorbereiteten. Er wurde immer ängstlicher und flehte Abt Hans an und beschwor ihn, doch umzukehren und sich nicht freiwillig in die Räuberhände zu begeben.

Abt Hans setzte seinen Weg fort, ohne sich um diese Klagen zu kümmern. Er ließ die Höfe der Ebene hinter sich und gelangte in einsame, wilde Waldregionen. Hier wurde der Weg schlechter. Meist war es nur noch ein steiniger, mit Tannennadeln bestreuter Pfad, und weder

Brücken noch Stege halfen den Reisenden über Bäche und Flüsse. Je weiter sie kamen, umso kälter wurde es, und nach einer Weile erreichten sie schneebedecktes Land.

Es war eine lange, beschwerliche Reise. Sie bogen ab auf steile, glatte Seitenpfade, zogen über Moor und Sumpf, drangen durch Windbruch und Gestrüpp. Gerade als das Tageslicht abnahm, führte der Räuberjunge sie über eine Waldlichtung, die von hohen Bäumen umgeben war, nackten Laubbäumen und grünen Nadelbäumen. Hinter der Wiese erhob sich eine Bergwand, und in der Bergwand sahen sie eine Tür aus dicken Holzplanken.

Da war Abt Hans klar, dass sie angekommen waren, und er stieg vom Pferd. Das Kind öffnete ihm die schwere Tür, und er blickte in eine armselige Berggrotte mit kahlen Steinwänden. Die Räubermutter saß an einem Lagerfeuer, das mitten im Raum brannte. An den Wänden gab es Lager aus Tannenreisern und Moos, und auf einem von ihnen lag der Räubervater und schlief.

»Kommt herein, ihr da draußen!« rief die Räubermutter, ohne aufzustehen. »Und nehmt die Pferde mit herein, damit sie nicht in der Nachtkälte erstarren!«

Abt Hans ging daraufhin, ohne zu zögern, in die Höhle hinein, und der Laienbruder folgte ihm. Hier war es armselig und kahl, es waren keinerlei Vorbereitungen getroffen worden, um Weihnachten zu feiern. Die Räubermutter hatte weder gebraut noch gebacken, sie hatte nicht gefegt noch gescheuert. Ihre Kinder lagen um einen Kessel herum und aßen, doch das war kein besonderes Essen, sondern nur ein dünner Wasserbrei.

Dennoch sprach die Räubermutter so stolz und sicher wie eine begüterte Bauersfrau.

»Komm, setz dich hier ans Feuer, Abt Hans, und wärm dich«, sagte sie, »und wenn du etwas zu essen bei dir hast, dann iss es! Denn ich kann mir denken, dass das Essen, das wir hier im Wald kochen, dir nicht schmecken wird. Wenn du müde bist von der Reise, kannst du dich auf eines der Lager legen und ein wenig schlafen. Du brauchst nicht zu fürchten, du könntest verschlafen. Ich bleibe hier am Feuer sitzen und halte Wache, und ich werde dich wecken, damit du das sehen kannst, weshalb du hierhergekommen bist.«

Abt Hans gehorchte der Räubermutter und holte seinen Proviantsack hervor. Doch er war von der Reise so müde, dass er kaum etwas zu essen vermochte, und sobald er sich auf dem Lager ausstrecken konnte, schlief er ein.

Der Laienbruder wurde ebenfalls aufgefordert, sich auf einem Lager auszuruhen, doch er wagte es nicht, einzuschlafen, er wollte lieber den Räubervater im Auge behalten, damit dieser nicht aufsprang und Abt Hans fesselte. Doch schließlich übermannte die Müdigkeit auch ihn, und er schlief ein. Als er aufwachte, sah er, dass Abt Hans sein Lager verlassen hatte und jetzt am Feuer saß und sich mit der Räubermutter unterhielt. Der vogelfreie Räuber saß auch am Feuer. Er war ein großer, hagerer Mann, der müde und trübsinnig aussah. Er drehte Abt Hans den Rücken zu, und es schien, als wollte er nicht zeigen, dass er dem Gespräch lauschte.

Abt Hans erzählte der Räubermutter von all den Weihnachtsvorbereitungen, die er auf dem Weg gesehen hatte, und er erinnerte sie an Weihnachtsgilden und lustige Weihnachtsspiele, an denen sie in ihrer Jugend doch sicher auch teilgenommen hatte, als sie noch in Frieden unter den Menschen gelebt hatte.

»Es ist ein Jammer, dass eure Kinder nie verkleidet durch die Dorfstraßen laufen oder sich im Weihnachtsstroh tummeln können«, sagte Abt Hans. Die Räubermutter hatte zunächst nur kurz und abweisend geantwortet, doch mit der Zeit wurde sie kleinlauter und hörte interessierter zu. Plötzlich drehte sich der Räubervater Hans zu und hielt dem Abt seine geballte Faust vors Gesicht.

»Du erbärmlicher Mönch, bist du hergekommen, um meine Frau und die Kinder von mir fortzulocken? Weißt du nicht, dass ich vogelfrei bin und nicht aus dem Wald hinausgehen kann?«

Abt Hans schaute ihm unerschrocken ins Gesicht.

»Mein Ziel ist es, vom Erzbischof einen Schutzbrief für dich zu bekommen«, sagte er. Kaum hatte er die Worte ausgesprochen, da begannen der Vogelfreie und seine Frau lauthals zu lachen. Sie wussten wohl nur zu gut, welche Gnade ein Waldräuber von Bischof Absalon zu erwarten hatte.

»Ja, wenn ich einen Schutzbrief von Absalon kriege«, sagte der Räubervater, »dann verspreche ich dir, dass ich niemals wieder auch nur eine einzige Gans stehlen werde.«

Der Laienbruder war verärgert darüber, dass Räuber sich trauten, über Abt Hans zu lachen, doch dieser schien mit dem Verlauf des Gesprächs sehr zufrieden zu sein. Kaum konnte der Laienbruder sich erinnern, dass er den Abt jemals so friedvoll und ruhig unter den Mönchen in Öved hatte sitzen sehen, wie er jetzt bei diesen wilden Räubern saß.

Doch plötzlich stand die Räubermutter auf.

»Du sitzt hier und redest die ganze Zeit, Abt Hans«, sagte sie, »dass wir ganz vergessen, uns den Wald anzusehen. Jetzt kann ich bis hier hören, wie die Weihnachtsglocken läuten.«

Kaum war das gesagt, schon sprangen alle auf und stürzten hinaus. Doch im Wald war immer noch nichts als dunkle Nacht und kalter Winter. Als einziges war ein entfernter Glockenklang zu vernehmen, der von einem leichten Südwind herangetragen wurde.

Doch als die Glocken einige Zeit geläutet hatten, fuhr plötzlich ein Lichtstreif durch den Wald. Kurz darauf wurde es wieder so dunkel wie zuvor. Doch dann kam das Licht zurück. Es kämpfte sich wie ein leuchtender Nebel zwischen den dunklen Bäumen hindurch. Und es hatte so viel Kraft, dass die Dunkelheit in einen sanften Tagesanbruch überging.

Da sah Abt Hans, dass der Schnee von der Erde verschwand, als hätte jemand einen Teppich weggezogen, und dass die Erde zu grünen begann. Der Farn schob seine Triebe heraus, zusammengerollt wie Bischofsstäbe. Die Heide, die auf dem steinigen Boden wuchs, und der Heidegagelstrauch, der im Moos verborgen war, kleideten sich schnell in frisches Grün. Die Mooskissen schwollen an und Frühlingsblumen schossen mit dicken Knospen hervor, die bereits Farbe zeigten.

Abt Hans' Herz schlug heftig, als er die ersten Zeichen dafür entdeckte, dass der Wald erwachen wollte.

»Soll es mir altem Mann vergönnt sein, so ein Wunder zu sehen?« dachte er, und die Tränen wollten ihm in die Augen treten.

Dann wurde es wieder so trüb, dass er fürchtete, die Nachtfinsternis könnte von neuem mit aller Macht zurückkommen.

Doch schnell brach eine neue Welle des Lichts hervor. Sie führte ein ganzes Gemurmel von Bächen und dem Rauschen aufgebrochener Wasserfälle mit sich. Da brachen die Blätter der Laubbäume so hastig hervor, als wäre eine Unzahl grüner Schmetterlinge herbeigeflogen und hätte sich auf die Zweige gehockt. Und nicht nur die Bäume und Büsche erwachten. Kreuzschnäbel hüpften auf den Zweigen. Spechte hackten gegen die Stämme, dass die Holzspäne um sie flogen. Ein Schwarm Stare ließ sich auf einem Tannenwipfel nieder, um auszuruhen, bevor er weiterflog. Es waren prächtige Stare. Die Spitze jeder Feder leuchtete strahlend rot, und wenn die Vögel sich bewegten, glitzerten sie wie Edelsteine.

Wieder wurde es für eine Weile dunkler, doch bald kam eine neue Lichtwelle. Ein kräftiger warmer Südwind blies und säte auf der Waldwiese all die kleinen Samen aus den südlichen Ländern aus, die von Vögeln, Schiffen und Winden herbeigetragen worden waren und die wegen der Strenge des Winters nirgendwo anders wachsen konnten, und in dem Moment, indem sie die Erde trafen, fassten sie sofort Wurzeln und keimten.

Als die nächste Lichtwelle herangebraust kam, begannen das Blaubeerkraut und die Heide zu blühen. Graugänse und Kraniche riefen hoch oben in der Luft, Buchfinken bauten ihre Nester, und Eichhörnchenjunge begannen auf den Baumästen zu spielen.

Jetzt ging plötzlich alles so schnell, dass der Abt Hans nicht darüber nachdenken konnte, welch übermächtiges Wunder es war, das hier geschah. Er hatte kaum genug Zeit, Augen und Ohren zu gebrauchen. Die nächste Lichtwelle, die herangerauscht kam, führte einen Duft von frisch gepflügten Äckern mit sich. In weiter Ferne hörte man die Hirtenmädchen die Kühe locken und die Glöckchen der Schafe läuteten. Tannen und Kiefern schmückten sich so dicht mit kleinen roten Zapfen, dass die Bäume wie Purpurmäntel leuchteten. Der Wacholder trug Beeren, die jeden Moment ihre Farbe änderten. Und die Waldblumen bedeckten die Erde, dass sie weiß, blau und gelb wurde.

Abt Hans beugte sich zur Erde und brach die Blüte einer Walderdbeere ab. Während er sich aufrichtete, reifte die Beere. Das Fuchsweibchen kam mit einem ganzen Wurf schwarzbeiniger Welpen aus der Höhle. Es ging zur Räubermutter und kratzte an ihrem Kittel, und die Räubermutter beugte sich zu ihm hinab und bewunderte die Jungen. Der Uhu, der gerade mit seiner nächtlichen Jagd begonnen hatte, kehrte heim, erschreckt von dem Licht, flog in seine Felsspalte und schlief ein. Der Kuckuck rief, sein Weibchen schlich um die Nester der kleinen Vögel herum, sein Ei im Schnabel.

Die Kinder der Räubermutter stießen Freudenschreie aus. Sie aßen sich satt an den Waldbeeren, die an den Büschen hingen, groß wie Tannenzapfen. Eines von ihnen spielte mit einer Schar Hasenjungen, ein anderes lief um die Wette mit jungen Krähen, die aus dem Nest hüpften, bevor die Flügel ausgewachsen waren, ein drittes pflückte Farn und wickelte ihn sich um Hals und Arm. Der Räubervater stand draußen auf dem Moos und aß Moltebeeren. Als er aufblickte, lief ein großes, schwarzes Tier neben ihm. Der Räubervater brach einen Weidenzweig ab und schlug dem Bär auf die Nase.

»Bleib in deinem Revier!« schimpfte er. »Das ist mein Busch.« Da wich der Bär zurück und trottete seines Weges.

Ständig kamen neue Wellen voll Wärme und Licht, und jetzt führten sie Entengeschnatter vom Waldteich mit sich. Gelber Blütenstaub aus dem Roggenfeld tanzte durch die Luft. Schmetterlinge kamen, so groß, dass sie aussahen wie fliegende Lilien. Der Bau der Bienen in einer hohlen Eiche war bereits so voll mit Honig, dass er den Stamm hinunterlief. Jetzt öffneten sich auch die Blumen, die aus den Samen der fremden Länder gewachsen waren. Die schönsten Rosen kletterten die Berghänge hinauf, als wollten sie die Brombeeren überholen. Aus der Waldlichtung quollen die Blumen hervor, die er für den Bischof Absalon pflücken wollte, doch er zögerte, sie zu brechen. Eine Blume wuchs herrlicher als die andere, und er wollte die allerschönste haben.

Welle für Welle kam, und jetzt war die Luft so von Licht durchdrungen, dass es glitzerte. Die ganze Lust, der Glanz und das Glück des Sommers strahlten um Abt Hans. Ihm schien, die Erde könnte keine größere Freude zeigen als die, die jetzt um ihn herum hervorquoll, und er sagte zu sich selbst: »Ich weiß nicht, was die nächste Welle, die kommen wird, noch an Herrlichkeit mit sich führen kann.«

Doch das Licht strömte weiter heran, und jetzt schien es Abt Hans, als führe es etwas aus unendlichen Fernen mit sich. Er spürte, dass ihn überirdische Luft umgab, und zitternd wuchs in ihm die Erwartung, die reine Himmelsfreude kündige sich an.

Abt Hans merkte, dass alles still wurde: die Vögel verstummten, die Fuchsjungen spielten nicht mehr, und die Blumen hatten aufgehört zu wachsen. Die Seligkeit, die jetzt nahte, war von einer Art, dass das Herz stillstehen wollte, die Augen weinten, ohne dass man sich dessen bewusst war, die Seele sehnte sich danach, in die Ewigkeit fortzufliegen. Weit in der Ferne waren leise Harfentöne zu hören, und überirdischer Gesang erreichte die Lauschenden wie ein rauschendes Flüstern.

Abt Hans faltete die Hände und sank auf die Knie. Sein Gesicht strahlte vor Seligkeit. Niemals hatte er erwartet, dass es ihm vergönnt sein sollte, bereits in diesem Leben die Freuden des Himmels zu genießen und die Engel Weihnachtslieder singen zu hören.

Doch neben Abt Hans stand der Laienbruder, der ihn begleitet hatte. Finstere Gedanken gingen ihm durch den Kopf. »Das kann kein richtiges Wunder sein, das sich bösen Übeltätern offenbart«, dachte er. »Das kann nicht von Gott kommen, das muss aus dem Bösen entsprungen sein. Das ist durch die böse List des Teufels hergeschickt worden. Das ist die Macht des hässlichen Feindes, die uns verhext und uns zwingt, das zu erblicken, was es gar nicht gibt.«

In der Ferne erklangen Engelharfen und Engelgesang, doch der Laienbruder glaubte, es seien Höllengeister, die nahten.

»Sie wollen uns locken und verführen«, seufzte er, »niemals kommen wir mit heiler Haut hier wieder heraus. Wir werden betört und dem Abgrund verkauft.«

Jetzt waren die Engelscharen so nah, dass Abt Hans helle Gestalten zwischen den Stämmen der Waldesbäume schimmern sah. Und der Laienbruder sah das gleiche wie er, doch er dachte nur daran, welche Bösartigkeit darin lag, dass die Teufel ihre Künste während der Nacht trieben, in der der Heiland geboren worden war. Und das sicher nur, um die armen Menschen umso einfacher betören zu können.

Die ganze Zeit waren Vögel um Abt Hans' Kopf geflogen, und er hatte sie mit seinen Händen greifen können. Vor dem Laienbruder hatten die Tiere dagegen Angst: kein Vogel hatte sich auf seine Schulter gesetzt, keine Schlange hatte zu seinen Füßen gespielt. Doch jetzt kam eine kleine Waldtaube angeflogen. Als sie spürte, dass die Engel sich näherten, nahm sie allen Mut zusammen, flog auf die Schulter des Laienbruders und legte ihren Kopf an seine Wange. Da schien ihm, als käme der böse Feind ihm ganz nahe, um ihn zu versuchen und zu verführen. Er schlug mit der Hand nach der Taube und rief mit so lauter Stimme, dass es im Wald widerhallte:

»Fahr zur Hölle, aus der du gekommen bist!«

Gerade in dem Moment waren die Engel so nahe, dass Abt Hans den Luftzug ihrer großen Flügel spüren konnte, und er neigte sich tief zu Boden, um sie zu begrüßen. Doch als die Worte des Laienbruders erklangen, wurde der Engelgesang unterbrochen, und die heiligen Gäste wandten sich zur Flucht. Und auch das Licht und die sanfte Wärme flohen in unsagbarer Angst vor der Kälte und der Finsternis in einem Menschenherzen. Die Nacht sank auf die Erde wie eine Decke, die Kälte kam, die Pflanzen auf der Erde schrumpften, das Laub fiel von den Bäumen, wie Regen raschelnd.

Abt Hans spürte, wie sein Herz, das gerade noch von Seligkeit erfüllt gewesen war, sich jetzt in unerträglichem Schmerz zusammenzog. »Niemals«, dachte er, »werde ich das überleben können, dass die himmlischen Engel mir so nahe waren und vertrieben wurden, dass sie Weihnachtslieder für mich singen wollten und in die Flucht geschlagen wurden.«

Zugleich fiel ihm die Blume ein, die er Bischof Absalon versprochen hatte, und er beugte sich zur Erde und suchte zwischen Moos und Laub, um sie im letzten Moment noch zu pflücken. Doch er spürte, wie die Erde unter seinen Fingern erstarrte und wie der weiße Schnee den Boden bedecken wollte.

Da schmerzte ihn sein Herz noch mehr. Er konnte sich nicht wieder aufrichten, fiel zu Boden und blieb liegen.

Als das Räubervolk und der Laienbruder sich in der tiefen Finsternis ihren Weg zurück zur Räuberhöhle getastet hatten, bemerkten sie, dass Abt Hans nicht bei ihnen war. Sie nahmen Fackeln vom Feuer und gingen hinaus, um ihn zu suchen, und sie fanden ihn tot auf der Schneedecke liegend.

Und der Laienbruder fing an zu jammern und zu weinen. Er begriff, dass er es gewesen war, der Abt Hans getötet hatte, indem er ihm den Freudenbecher entrissen hatte, den zu leeren er sich schon so lange gesehnt hatte.

Als Abt Hans nach Öved hinuntergebracht worden war, sahen die, die den Toten versorgten, dass er seine rechte Hand fest um etwas geschlossen hielt, das er in dem Augenblick seines Todes ergriffen haben musste. Als es ihnen schließlich gelang, die Faust zu öffnen, sahen sie, dass das, was er mit so einer Kraft festhielt, ein paar weiße Wurzelknollen waren, die er aus Moos und Laub herausgerissen hatte. Und als der Laienbruder, der Abt Hans begleitet hatte, diese Wurzeln erblickte, nahm er sie und pflanzte sie in Abt Hans' Kräutergarten.

Er hütete sie das ganze Jahr in Erwartung, dass eine Blüte aus ihnen erwachsen würde, doch er wartete vergebens den Frühling, den Sommer und den Herbst. Als endlich der Winter gekommen war und alle Blätter und Blüten gestorben, achtete er nicht weiter auf sie.

Doch als der Heiligabend kam, wurde seine Erinnerung an Abt Hans so stark, dass er in den Kräutergarten ging, um an ihn zu denken. Und siehe da, als er an der Stelle vorbeiging, wo er die kahlen Wurzelknollen gepflanzt hatte, sah er, dass aus ihnen kräftige grüne Stengel gewachsen waren, die wunderschöne Blüten mit silberweißen Blütenblättern zierten!

Er rief alle Mönche von Öved herbei, und als diese die Pflanze sahen, die am Heiligen Abend blühte, während alle anderen Pflanzen wie tot erschienen, wurde ihnen klar, dass sie wirklich von Abt Hans in dem Weihnachtsgarten im Wald von Göinge gepflückt worden sein musste. Der Laienbruder bat augenblicklich die Mönche um Erlaubnis, einige der Blüten dem Bischof Absalon zu bringen.

Als der Laienbruder vor den Bischof Absalon trat, überreichte er diesem die Blumen und sagte:

»Die schickt dir Abt Hans. Das sind die Blumen, die er im Weihnachtsgarten im Wald von Göinge zu pflücken dir versprochen hat.«

Als der Bischof Absalon die Blumen sah, die im dunklen Winter aus der Erde gekommen waren, und als er die Worte hörte, erbleichte er, als wäre ihm der Tod begegnet. Eine Weile saß er schweigend da, dann sprach er:

»Abt Hans hat sein Wort gehalten, dann will ich auch meines halten.« Und er ließ einen Schutzbrief für den wilden Räuber aufsetzen, der seit seiner Jugend als Vogelfreier im Wald gehaust hatte.

Er übergab den Brief dem Laienbruder, und dieser fuhr mit ihm davon, in den Wald, und suchte den Weg zur Räuberhöhle. Als er nun am Weihnachtstag dort eintrat, kam der Räuber ihm mit erhobener Axt entgegen.

»Ich werde euch erschlagen, ihr Mönche, ganz gleich, wie viele ihr seid«, sagte er. »Denn es ist ja wohl eure Schuld, dass der Wald von Göinge sich in dieser Nacht nicht ins Weihnachtsgewand gekleidet hat.«

»Das ist einzig und allein meine Schuld«, sagte der Laienbruder, »und ich will gerne deshalb sterben, doch zuerst möchte ich dir eine Botschaft von Abt Hans bringen.« Und er zog den Brief des Bischofs hervor und erklärte dem Mann, dass er nicht mehr verbannt war. »Ab jetzt kannst du mit deinen Kindern im Weihnachtsstroh spielen und Weihnachten unter Menschen feiern, so wie es Abt Hans gewünscht hat«, sagte er.

Da wurde der Räubervater blass und stumm, aber die Räubermutter sprach in seinem Namen:

»Abt Hans hat sein Wort gehalten, da wird auch der Räubervater seines halten.«

Als der Räuber und seine Frau aus der Räuberhöhle ausgezogen waren, zog der Laienbruder dort ein und lebte einsam im Wald, stets flehentlich betend, dass sein hartes Herz ihm vergeben sein möge.

Doch der Wald von Göinge hat nie wieder die Geburtsstunde des Herrn gefeiert, und von all dieser Herrlichkeit lebt nur noch die Pflanze, die Abt Hans pflückte. Sie bekam den Namen *Christrose*, und jedes Jahr zeigt sie ihre weißen Blüten und grünen Stengel zur Weihnachtszeit, als könnte sie niemals vergessen, dass sie einst in dem großen Weihnachtsgarten wuchs.

Übersetzt von Christel Hildebrandt

Gottesfriede

Es war einmal ein alter Bauernhof, und es war an einem Heiligabend mit einem finsteren Himmel, an dem ein beißender Nordwind viel Schnee brachte. Es war Nachmittag, und alle wollten möglichst schnell mit ihrer Arbeit fertig werden, um hinüber ins Badehaus zu kommen. Dort drinnen wurde so heftig eingeheizt, dass die Flamme aus dem Schornstein schlug und Ruß und Funken vom Wind davongetragen wurden und auf die schneebedeckten Dächer der Nebengebäude fielen.

Und als die Flamme aus dem Schornstein des Badehauses stieg und sich wie eine Feuersäule über den Hof erhob, spürten alle, dass Weihnachten vor der Tür stand. Die Magd, die den Hausflur tüchtig scheuerte, fing an, vor sich hin zu summen, obwohl das Wasser im Eimer an ihrer Seite zu Eis gefror. Die Knechte, die im Holzschuppen Weihnachtsholz hackten, fingen an, zwei Stücke auf einmal zu hacken, und schwangen die Äxte so lustig, als wäre die Arbeit ein Spiel.

Aus der Speisekammer kam eine alte Frau mit einem großen Stapel runder Gewürzkuchen im Arm. Sie ging langsam über den Hof in das große, rot gestrichene Wohnhaus und trat vorsichtig in die Wohnstube, wo sie die Kuchen auf die Bank legte. Über den Tisch breitete sie ein Tischtuch und schichtete die Kuchen zu einem großen und einem kleinen Stapel auf. Sie war eine merkwürdig hässliche alte Frau mit rötlichem Haar, schweren, hängenden Augenlidern und einem eigentümlich strengen Zug um Mund und Kinn, als ob die Halssehnen zu kurz wären. Aber nun, am Heiligen Abend, war da solch ein Friede und eine Freude in ihr, dass man nicht mehr bemerkte, wie hässlich sie war.

Doch es gab jemanden auf dem Bauernhof, der nicht fröhlich war, und das war die Magd, die gerade Birkenreisigwedel band, die beim Baden benutzt werden sollten. Sie saß hinten beim Kamin und hatte einen ganzen Arm voll feiner Birkenzweige vor sich auf dem Boden liegen, aber die Weidengerten, mit denen sie die Ruten zusammenbinden sollte, wollten nicht halten. Die Stube hatte ein schmales, niedrigsitzendes Fenster mit kleinen Scheiben, durch die der Schein des Badehauses hereinfiel und die Birkenzweige auf dem Boden in einen goldenen Schimmer tauchte. Doch je höher das Feuer brannte, umso unglücklicher wurde das Mädchen. Es wusste, dass die Rutenbüschel auseinanderfallen würden, sobald man sie anrührte, und dass man ihm das übelnehmen werde, zumindest so lange, bis wieder ein neues Weihnachtsfeuer in diesem Kamin loderte.

Gerade als es so dasaß und sich selbst bemitleidete, kam *der* in die Stube, den es am meisten von allen fürchtete. Es war der Hausherr selbst, Ingmar Ingmarson. Er war sicher im Badehaus gewesen, um dafür zu sorgen, dass der Ofen heiß genug wurde, und jetzt wollte er sehen, wie es um die Reisigwedel stand. Er war alt, dieser Ingmar Ingmarson, und er mochte alte Dinge und Traditionen. Und gerade weil die Leute immer seltener ins Badehaus gingen und sich mit Birkenreisig peitschten, legte er großen Wert darauf, dass diese Tradition auf seinem Hof gepflegt und ordentlich durchgeführt wurde.

Ingmar Ingmarson trug einen alten Schafspelz, Lederhosen und Pechnahtschuhe. Er war schmutzig und unrasiert, langsam in seiner Art und kam so leise herein, dass man ihn genauso gut für einen Bettler hätte halten können. Aber seine Gesichtszüge waren fast denen seiner Ehefrau gleich und seine Hässlichkeit ebenso; denn sie waren miteinander verwandt, und seit es denken konnte, hatte das Mädchen gelernt, eine heilige Ehrfurcht für jeden zu haben, der so aussah. Denn allein *das* genügte: vom alten Geschlecht der Ingmarsons zu sein, das immer das vornehmste in der Gegend gewesen war; aber das Höchste war, Ingmar Ingmarson selbst zu sein, und damit der Reichste und Klügste und Mächtigste in der ganzen Gemeinde.

Ingmar Ingmarson ging hinüber zum Mädchen, hob eines der fertigen Rutenbüschel auf und schwang es in der Luft. Und sofort fielen die Zweige auseinander, einer landete auf dem Weihnachtstisch, ein anderer im Himmelbett.

»Mädchen, Mädchen!« sagte der alte Ingmar und lachte. »Glaubst du, man benutzt solche Ruten, wenn man bei den Ingmarsons ein Bad nimmt? Oder hast du etwa so eine empfindliche Haut?«

Da der Hausherr es nicht übel nahm, wurde das Mädchen mutig und antwortete, dass sie schon Ruten binden könnte, die hielten, wenn sie bloß ordentliche Weidengerten zum Binden hätte.

»Dann muss ich wohl zusehen, dass ich dir Weidengerten beschaffe, mein Mädchen«, sagte der alte Ingmar, denn er war in richtiger Weihnachtsstimmung.

Er verließ die Wohnstube, stieg über die Magd, die den Flur schrubbte, und blieb auf der Türschwelle stehen, um sich nach jemandem umzusehen, den er in den Birkenhain nach Weidengerten schicken könnte. Die Knechte waren immer noch mit dem Weihnachtsholz beschäftigt. Der Sohn kam mit dem Weihnachtsstroh von der Tenne, die beiden Schwiegersöhne zogen eben die Fuhrwerke in die Wageneinfahrt, damit der Hof zum Fest ordentlich aussah. Keiner von ihnen hatte Zeit, den Hof zu verlassen.

Da beschloss der Alte gelassen, selbst zu gehen. Er überquerte den Hofplatz, als ob er in den Kuhstall wollte, sah nach allen Seiten, um sicher zu sein, dass ihn niemand beachtete, und schlich dann hinter der Stallwand entlang, wo ein halbwegs begehbarer Weg hinauf in den Wald führte. Der Alte hielt es nicht für nötig, jemandem zu erzählen, wo er hinging, denn sonst hätten der Sohn oder die Schwiegersöhne leicht auf die Idee kommen können, ihn zu bitten, zu Hause zu bleiben. Und alte Leute wollen am liebsten ihren eigenen Willen haben.

Er folgte dem Weg über die Felder durch den kleinen Nadelwald und erreichte den Birkenhain. Dort bog er vom Weg ab und stapfte durch den Schnee, um ein paar einjährige Birkenstecklinge zu finden.

Zur selben Zeit gelang es dem Wind endlich, den Schnee von den Wolken loszureißen, und nun fegte er hinauf durch den Wald, eine lange Schleppe von Schneeflocken hinter sich herziehend.

Ingmar Ingmarson hatte sich eben gebückt und einen Birkenspross abgeschnitten, als der Wind vollbeladen mit Schnee heranbrauste. Im selben Augenblick, als der

Alte sich aufrichtete, blies der Wind ihm einen ganzen Haufen Schnee ins Gesicht. Seine Augen waren voll Schnee und der Wind wirbelte so heftig um ihn herum, dass er sich ein paar Mal im Kreis drehen musste.

Das ganze Unglück kam wohl in Wirklichkeit daher, dass Ingmar Ingmarson alt geworden war. In seinen jungen Tagen wäre er von einem Schneesturm nicht wirr im Kopf geworden. Aber jetzt drehte sich alles um ihn herum, als ob er sich in einer Weihnachtspolka geschwungen hätte. Und als er nun nach Hause gehen wollte, ging er in die falsche Richtung. Er lief geradewegs in den großen Nadelwald hinein, der hinter dem Birkenhain begann, statt hinunter zu den Feldern.

Die Dunkelheit brach schnell herein, und zwischen den jungen Bäumen am Waldrand heulte und wirbelte der Sturm um ihn herum. Der Alte sah wohl, dass er zwischen Tannen umherlief, aber er verstand nicht, dass das falsch war; denn auf der Hofseite des Birkenwaldes wuchsen auch Tannen. Doch nun kam er so tief in den Wald hinein, dass es windstill wurde. Er konnte den Sturm nicht mehr spüren, da er von hohen Bäumen mit dicken Stämmen umgeben war. Da stellte er fest, dass er sich verlaufen hatte, und wollte umkehren.

Er war verstört und irritiert darüber, dass er sich wirklich hatte verlaufen können, und hier mitten im unwegsamen Wald war er nicht klar genug im Kopf, zu erkennen, welchen Weg er gehen sollte. Erst drehte er sich in die eine, dann in die andere Richtung. Endlich kam er auf die Idee, in seinen eigenen Fußspuren zurückzugehen, aber dann setzte die Dunkelheit ein, und er konnte ihnen nicht mehr folgen. Die Bäume um ihn herum wurden immer höher und höher. Wie er so weiterging, wurde ihm klar, dass er tiefer und tiefer in den Wald geriet.

Es war doch verhext, dass er den ganzen Abend dort im Wald herumlaufen sollte und so zu spät zum Baden kam.

Er ›drehte seine Mütze und band sein Strumpfband um‹, aber das Sprichwort half nicht, und er blieb wirr im Kopf. Es wurde jetzt ganz dunkel, und er fürchtete schon, er müsse über Nacht im Wald bleiben.

Er stützte sich auf einen Tannenstamm, blieb kurz stehen, um seine Gedanken zu ordnen. Dieser Wald war ihm vertraut, er war hier so oft durchgegangen, dass er jeden einzelnen Baum kannte. Schon als Junge hatte er hier Schafe gehütet. Hier hatte er Fallen für die Waldvögel aufgestellt. In seiner Jugend hatte er mitgeholfen, den Wald zu fällen. Er hatte ihn abgeholzt daliegen und aufs neue wachsen sehen. Endlich hatte er das Gefühl, langsam zu erkennen, wo er war, und glaubte, wenn er nur immer weiter in die Richtung ginge, käme er auf den rechten Weg. Aber auf diese Weise gelangte er nur immer tiefer in den Wald hinein.

Einmal spürte er glatten, festen Boden unter den Füßen und meinte, dass er endlich auf einen Weg gekommen war. Nun versuchte er diesem zu folgen; denn ein Weg musste doch immer zu irgendeinem Ort führen. Aber der Weg führte zu einer Lichtung mitten im Wald, dort hatte der Sturm freies Spiel, und es gab weder Weg noch Pfad, sondern nur Haufen von Tiefschnee. Da sank der Mut des alten Mannes, wie ein armer Teufel war er wohl verurteilt, draußen in der Einöde zu sterben.

Es ermüdete ihn zunehmend, sich durch den Schnee voranzuschleppen, und ein ums andere Mal setzte er sich auf einen Stein, um auszuruhen. Aber sobald er sich gesetzt hatte, lief er Gefahr einzuschlafen, und er wusste, dann würde er erfrieren. Deshalb versuchte er trotz seiner Müdigkeit weiterzugehen; das war das einzige, was ihn retten konnte.

Doch der Wunsch, sich nur einen Moment lang hinzusetzen, wurde unwiderstehlich. Wenn er jetzt nur ausruhen könnte, ganz gleich, ob ihn das sein Leben kostete, dachte er.

Es tat so gut stillzusitzen, dass ihn der Gedanke an den Tod gar nicht quälte. Die Vorstellung, dass sein gesamter Lebenslauf in der Kirche vorgelesen würde, wenn er tot wäre, bereitete ihm sogar eine gewisse Freude. Er erinnerte sich, wie schön der alte Propst über seinen Vater gesprochen hatte, und war sich ganz sicher, dass auch über ihn etwas Schönes gesagt werden würde. Man würde erwähnen, dass er den ältesten Hof im Dorf besaß, und der Propst würde davon sprechen, was für eine Ehre es sei, einem angesehenen Geschlecht anzugehören. Und dann würde über die Verantwortung gesprochen.

Gewiss, es war mit Verantwortung verbunden, das hatte er immer gewusst. Wenn man einer der Ingmarsons war, musste man bis zum Äußersten aushalten.

Es durchfuhr ihn wie ein Stoß: wie unrühmlich es doch für ihn wäre, erfroren im wilden Wald gefunden zu werden. Das sollte nicht in seinem Nachruf stehen. Und so erhob er sich wieder und ging weiter. Er hatte aber so lange gesessen, dass beim Aufstehen ganze Schneemassen von seinem Pelz fielen, als er sich bewegte.

Doch schon nach einer Weile saß er wieder und träumte.

Nun kündigte sich der Gedanke an den Tod noch freundlicher an. Er stellte sich die ganze Beerdigung und all die Ehre vor, die seinem toten Körper zuteilwerden würde.

Er sah den großen gedeckten Festtisch oben im Saal; der Propst und die Pröpstin auf dem Ehrenplatz, der vorsitzende Richter mit der weißen Klöppel-Halskrause über der schmalen Brust ausgebreitet, die Majorin feierlich herausgeputzt, in einem ausgeschnittenen Seidenkleid, den Hals mit Perlen und Gold besetzt.

Er sah alle Festräume weiß bezogen. Weiße Laken vor den Fenstern, weiß über den Möbeln! Tannengrün auf dem Weg vom Flur hinunter zur Kirche!

Das Saubermachen und Schlachten, das Brauen und Backen vierzehn Tage lang vor der Beerdigung. Die Leiche auf einer Bahre im hintersten Zimmer, Kohlendunst in den frisch geheizten Räumen. Der ganze Hof voller Gäste.

Gesang für den Toten, während der Sargdeckel zugeschraubt wurde, Silberbeschläge auf dem Sarg, zwanzig Klafter Holz brennen vierzehn Tage lang.

Die ganze Dorfgemeinde in Bewegung, um ihr mitgebrachtes Essen herzurichten, alle Kirchenhüte neu aufgebürstet, der ganze Herbstbranntwein während des Leichenschmauses ausgetrunken, auf allen Wegen wimmelt es von Leuten wie auf dem Markt.

Wieder fuhr der alte Mann auf. Er hatte sie während des Leichenschmauses sitzen und über ihn sprechen hören: »Aber wie konnte er in den Wald gehen und auf diese Art erfrieren?« fragte der vorsitzende Richter. »Was hatte er oben im Hochwald zu schaffen?«

Und dann antwortete der Kapitän, dass es wohl an Weihnachtsbier und Branntwein gelegen hätte.

Was ihn aufs neue weckte. Die Ingmarsons waren nie Trunkenbolde gewesen. Man sollte nicht sagen können, er sei in seiner letzten Stunde benebelt gewesen. Und er ging weiter. Doch er war so müde, dass er sich kaum noch auf den Beinen halten konnte. Er bemerkte, dass er nun weit hinauf in den Wald gekommen war, es war ein unwegsames Gebiet, voll von großen Felsen, die es weiter unten nicht gab. Sein Fuß rutschte zwischen zwei Steine, so dass er ihn kaum freibekam. Leise jammerte er vor sich hin, er sah sein Ende gekommen.

Plötzlich fiel er über einen großen Reisighaufen. Er fiel weich auf Schnee und Reisig, kam nicht zu Schaden, aber er mochte nun nicht mehr aufstehen. Er wollte nichts anderes mehr auf der Welt als nur noch schlafen. Er schob das Reisig etwas zur Seite und kroch darunter, als sei es eine Pelzdecke. Doch als er seinen Körper unter die Äste schob, fühlte er dort im Haufen etwas Warmes und Weiches liegen. Hier liegt wohl ein Bär und schläft, dachte er.

Er spürte, wie das Tier sich bewegte, und hörte es schnuppern. Aber er lag still. Sollte der Bär ihn doch fressen. Er hatte nicht die Kraft, einen einzigen Schritt weiterzugehen, um ihm zu entkommen.

Doch der Bär hatte wohl keine Lust, einem Lebewesen Unannehmlichkeiten zu bereiten, das in so einer Unwetternacht Schutz suchte. Er zog sich noch etwas weiter in seine Höhle zurück, als wolle er seinem Gast Platz machen, und unmittelbar danach schlief der Bär wieder mit gleichmäßig schnaubenden Atemzügen.

Inzwischen war die Weihnachtsfreude unten auf dem alten Ingmarhof ausgeblieben. Sie hatten den ganzen Weihnachtsabend nach Ingmar Ingmarson gesucht.

Erst im ganzen Wohnhaus und in allen Nebengebäuden. Sie suchten von oben bis unten, vom Dachboden bis zum Keller. Dann liefen sie zu den Nachbarhöfen und fragten dort nach Ingmar Ingmarson.

Als sie ihn nicht fanden, begaben sich Söhne und Schwiegersöhne hinaus auf Felder und Wege. Die Fackeln, die den Kirchgängern auf ihrem Weg zur Christmette hätten leuchten sollen, wurden angezündet und im rasenden Schneesturm Wege und Stege entlanggetragen. Doch der Wind hatte alle Spuren verweht, und sein Heulen übertönte den Klang der Stimmen und Rufe. Sie suchten überall, lange bis nach Mitternacht, aber dann sahen sie ein, dass sie bis Tagesanbruch warten mussten, wenn sie den Verschwundenen finden wollten.

In der ersten blassen Morgendämmerung waren alle auf dem Ingmarhof wieder auf, und die Männer standen draußen auf dem Hof, bereit, in den Wald zu ziehen. Doch ehe sie losgingen, kam die alte Hausfrau und rief sie in die Wohnstube. Sie bat alle, sich auf die Bänke der Stube zu setzen, sie selbst setzte sich an den Weihnachtstisch mit der Bibel vor sich und fing an zu lesen.

Und als sie mit ihren bescheidenen Kräften nach etwas gesucht hatte, das geeignet sein könnte für so einen Augenblick, war sie auf die Erzählung vom Mann gestoßen, der von Jerusalem nach Jericho reiste und unter die Räuber fiel.

Sie las langsam und mit singender Stimme von dem Unglücklichen, dem der barmherzige Samariter zu Hilfe kam. Söhne und Schwiegersöhne, Töchter und Enkeltöchter saßen auf den Bänken um sie herum. Sie alle glichen ihr und einander, groß und ungeschlacht mit hässlichen, altklugen Gesichtern; denn sie waren alle vom alten Geschlecht der Ingmarsons. Sie alle hatten rötliche Haare, sommersprossige Haut und hellblaue Augen mit weißen Wimpern. Sie unterschieden sich in ihrem Verhalten, das schon, aber sie hatten alle einen strengen Zug um den Mund, träge Augen, und ihre Bewegungen waren behäbig, so als ob ihnen alles schwerfiele. Aber bei jedem einzelnen konnte man doch sehen, dass sie zu den Vornehmsten im Dorf gehörten, dass sie sich dessen bewusst waren, besser zu sein als andere.

Alle Ingmarsöhne und Ingmartöchter seufzten tief während des Vorlesens. Sie fragten sich, ob ein Samariter den Hausherrn gefunden und sich seiner angenommen hatte. Denn für alle Ingmarsons war es so, als hätten sie dadurch, dass einer aus der Familie von einem Unglück betroffen war, ein Stück ihrer eigenen Seele verloren.

Die alte Frau las und las und kam zu der Frage: Wer war nun dem, der unter die Räuber fiel, der Nächste? Doch ehe sie die Antwort vorlesen konnte, ging die Tür auf, und der alte Ingmar kam in die Stube.

»Mutter, Vater ist hier«, sagte eine der Töchter, und es wurde nie vorgelesen, dass des Mannes Nächster der war, der ihm Barmherzigkeit entgegengebracht hatte.

Später am Tag saß die Hausfrau wieder auf demselben Platz und las in ihrer Bibel. Sie war allein, die Frauen waren in die Kirche gegangen, und die Männer waren auf der Bärenjagd im Hochwald. Sobald Ingmar Ingmarson gegessen und getrunken hatte, hatte er die Söhne mit sich genommen und war in den Wald gezogen. Denn es ist nun mal eines Mannes Pflicht, den Bären zu töten, wo und wann er ihn trifft. Es kann nicht angehen, einen Bären zu verschonen; denn früher oder später bekommt er doch Lust auf Fleisch, und dann verschont er weder Tiere noch Menschen.

Doch nachdem sie raus auf die Jagd gegangen waren, verspürte die alte Hausfrau eine große Angst und setzte sich hin, um zu lesen. Nun fing sie an, das zu lesen, worüber an dem Tag in der Kirche gepredigt wurde, aber sie kam nicht weiter als: »Friede auf Erden und den Menschen ein Wohlgefallen.« Sie blieb sitzen und starrte mit verschleiertem Blick auf diese Worte und hin und wieder seufzte sie tief. Sie las nicht weiter, wiederholte nur ein ums andere Mal mit langsamer, schleppender Stimme: »Friede auf Erden und den Menschen ein Wohlgefallen.«

Da kam der älteste Sohn in die Stube, gerade als sie erneut die Worte wiederholen wollte. »Mutter«, sagte er ganz leise.

Sie hörte ihn, wandte aber ihre Augen nicht vom Buch, während sie fragte: »Bist du nicht mit in den Wald?« – »Doch«, sagte er noch leiser, »ich bin dabei gewesen.«

»Komm hierher, zum Tisch«, sagte sie, »damit ich dich sehen kann.« Er kam näher, aber als ihr Blick auf ihn fiel, sah sie, dass er zitterte. Er musste sich auf die Tischkante stützen, um die Hände stillhalten zu können. »Habt ihr den Bären erlegt?« fragte sie wieder. Er konnte nun nicht mehr antworten; er schüttelte bloß den Kopf.

Die alte Frau stand auf und tat, was sie nicht mehr getan hatte, seit der Sohn ein Kind gewesen war. Sie ging zu ihm, legte ihre Hand auf seinen Arm, streichelte ihm die Wange und zog ihn runter auf die Bank. Dann setzte sie sich neben ihn und nahm seine Hand in ihre. »Erzähl mir, was passiert ist, mein Junge.«

Der junge Mann erkannte die Liebkosung wieder, die ihn in früheren Tagen getröstet hatte, wenn er hilflos und unglücklich gewesen war, und es berührte ihn so sehr, dass er anfing zu weinen. »Ich kann mir denken, dass etwas mit Vater ist«, sagte sie. – »Es ist schlimmer als das«, schluchzte der Sohn. – »Schlimmer als das?« – Der junge Mann weinte immer heftiger: Er wusste nicht, wie er seine Stimme beherrschen konnte. Schließlich hob er seine grobe Hand mit den breiten Fingern und zeigte auf das, was sie eben gelesen hatte: »Friede auf Erden.« – »Hat es damit etwas zu tun?« fragte sie. – »Ja«, antwortete er. – »Hat es etwas mit dem Weihnachtsfrieden zu tun?« – »Ja.« – »Wolltet ihr heute morgen eine böse Tat vollbringen?« – »Ja.« – »Und Gott hat uns gestraft?« – »Gott hat uns gestraft.«

Da erfuhr sie endlich, was geschehen war. Sie hatten schließlich die Bärenhöhle gefunden, und als sie so nah waren, dass sie den Reisighaufen sehen konnten, waren sie stehengeblieben, um die Büchsen bereitzumachen. Doch ehe sie fertig waren, kam der Bär ihnen aus der Höhle entgegengestürzt. Er sah weder nach rechts noch nach links, er ging sofort auf den alten Ingmar Ingmarson zu und gab ihm einen Schlag auf den Kopf, der ihn zu Boden streckte, als sei er vom Blitz getroffen. Er griff keinen der anderen an, sondern bahnte sich einen Weg an ihnen vorbei und stürzte in den Wald.

Am Nachmittag fuhren Ingmar Ingmarsons Ehefrau und Sohn zur Propstei und meldeten den Todesfall. Der Sohn führte das Gespräch, die alte Hausfrau saß da und hörte mit versteinertem Gesicht zu.

Der Propst saß in seinem Lehnstuhl am Schreibtisch. Er hatte seine Bücher hervorgeholt, um den Todesfall einzutragen. Er tat es etwas zögerlich, denn er wollte Zeit gewinnen, um darüber nachzudenken, was er der Witwe und dem Sohn sagen könnte; denn das war doch ein ungewöhnlicher Fall. Der Sohn hatte offenherzig erzählt, wie sich das Ganze zugetragen hatte, aber der Propst wollte gerne wissen, wie sie selbst die Sache aufnahmen. Es waren sonderbare Menschen dort auf dem Ingmarhof.

Als der Propst nun das Buch schloss, sagte der Sohn: »Wir wollten dem Propst gerne noch sagen, dass wir Vaters Lebenslauf nicht vorgelesen haben möchten.«

Der Propst schob die Brille auf die Stirn und sah die alte Frau besonders forschend an. Sie saß genauso unbeweglich da wie zuvor. Sie zerknüllte nur ein wenig das Taschentuch in ihrer Hand.

»Wir möchten ihn an einem Werktag beerdigen lassen«, fuhr der Sohn fort.

»Ach so«, sagte der Propst. Es war, als drehte sich alles vor ihm. Der alte Ingmar Ingmarson sollte unter die Erde kommen, ohne dass es jemand bemerkte. Die Gemeinde sollte nicht auf den Zäunen und Deichen stehen und sehen, mit welchem Pomp er zu Grabe getragen wurde.

»Es wird keinen Leichenschmaus geben. Wir haben es die Nachbarn wissen lassen, damit sie nicht an mitgebrachtes Essen denken müssen.«

»Ach so, ach so!« sagte der Propst wieder. Er fand keine anderen Worte. Er wusste wohl, was es für solche Menschen bedeutete, auf den Leichenschmaus zu verzichten. Er hatte gesehen, wie es sowohl Witwen als auch Waisen trösten konnte, einen prächtigen Leichenschmaus abzuhalten.

»Es wird auch keinen Trauerzug geben, nur mich und meine Brüder.«

Der Propst sah auffordernd zur Ehefrau hin. Konnte sie damit wirklich einverstanden sein? Er fragte sich, ob es ihr Wille war, den der Sohn aussprach. Sie saß nur da und verzichtete auf alles, was ihr wertvoller sein musste als Gold und Silber.

»Wir möchten kein Glockengeläut und keine silbernen Beschläge auf dem Sarg. Mutter und ich wünschen es so, doch wir fragen den Propst, um zu hören, ob er findet, wir würden dem Vater gegenüber unrecht handeln.«

Jetzt ergriff auch die Ehefrau das Wort: »Wir möchten gerne hören, ob der Propst meint, wir würden unserem Vater gegenüber unrecht handeln?«

Der Propst schwieg immer noch, und da fuhr die Ehefrau eifrig fort: »Ich muss dem Propst sagen, dass, hätte mein Mann sich gegen König oder Vogt vergangen oder wäre ich genötigt gewesen, ihn vom Galgen zu schneiden, er trotzdem ein ehrenwertes Begräbnis bekommen würde wie sein Vater vor ihm; denn die Ingmarsons fürchten sich vor nichts, und es gibt niemanden, dem sie aus dem Weg gehen müssten. Aber zu Weihnachten hat Gott Frieden zwischen Tier und Mensch gesetzt, und das arme Tier hat Gottes Gebot gehalten, aber wir haben es gebrochen, und deshalb stehen wir jetzt unter Gottes Strafe. Und es gehört sich nicht für uns, mit Prunk und Staat aufzutreten.«

Der Propst stand auf und ging zur Ehefrau.

»Was Ihr sagt, ist richtig«, sagte er »und Ihr sollt Eurem eigenen Gewissen folgen.« Und unwillkürlich fügte er, vielleicht mehr zu sich selbst, hinzu: »Die Ingmarsons sind großartige Leute.«

Die alte Frau richtete sich bei diesen Worten ein wenig auf. In diesem Augenblick sah der Propst sie als Symbol für das ganze Geschlecht. Er verstand, was Jahrhundert um Jahrhundert diesen schwerfälligen, schweigsamen Menschen die Macht gegeben hatte, die Führer im ganzen Pfarrbezirk zu sein.

»Es gebührt den Ingmarsons, den Leuten ein gutes Beispiel zu geben«, sagte sie. »Es gebührt uns zu zeigen, dass wir demütig sind vor Gott.«

Übersetzt von Birgit Rychter

Ein Weihnachtsgast

Einer von denen, die ihr Leben in der Kavallerie von
Ekeby verbracht hatten, war der kleine Ruster. Er konn-
te Noten transponieren und Flöte spielen. Ruster war
von einfacher Herkunft und arm, ohne Haus und ohne
Familie. Als sich die Kavallerie auflöste, brachen schwere
Zeiten für ihn an.

Nun hatte er kein Pferd und keine Kutsche mehr, keinen Pelz und keinen rot angestrichenen Proviantkasten.
Er musste zu Fuß von Hof zu Hof wandern und seine
Siebensachen in einem blaukarierten Taschentuch ein-
geknotet bei sich tragen. Den Rock knöpfte er bis unters
Kinn zu, damit niemand sehen sollte, wie es um Hemd
und Weste bestellt war, und in seinen tiefen Taschen
verwahrte er seine kostbarsten Besitztümer: die ausein-
andergeschraubte Flöte, den Flachmann und den Notenstift.

Sein Geschäft bestand darin, Noten abzuschreiben,
und wäre alles noch so gewesen wie in den alten Zeiten, dann hätte es ihm nicht an Arbeit gemangelt.
Doch mit jedem Jahr, das verstrich, wurde in Värmland
immer weniger musiziert. Die Gitarre mit ihrem faden-
scheinigen Seidenband und ihren abgenutzten Wirbeln
und das eingedellte Waldhorn mit verblichenen Quas-
ten und Schnüren wurden zu dem Gerümpel auf den
Dachboden geschafft, und der Staub legte sich finger-
dick auf die länglichen, eisenbeschlagenen Geigenkäs-
ten. Und je weniger der kleine Ruster mit Flöte und
Notenstift zu tun bekam, umso mehr kümmerte er sich

um den Flachmann, und zum Schluss war er ein richtiger Trunkenbold. Es war eine Schande mit dem kleinen Ruster.

Zwar wurde er noch immer wie ein alter Freund auf den Gutshöfen empfangen, doch es wurde gejammert, wenn er kam, und gejubelt, wenn er ging. Er roch nach Kautabak und Schnaps, und sobald er ein paar Kurze oder einen Grog bekommen hatte, redete er wirr und erzählte obendrein unfeine Geschichten. Für die gastfreundlichen Höfe war er die reinste Plage.

Einmal kam er zur Weihnachtszeit nach Lövdala, wo Liljecrona, der große Geigenspieler, sein Zuhause hatte. Liljecrona war auch bei der Kavallerie von Ekeby gewesen, doch nach dem Tod des Majors war er auf sein Gut Lövdala zurückgekehrt und dort geblieben. Jetzt kam Ruster einige Tage vor Weihnachten zu ihm, mitten in den Vorbereitungen, und bat um Arbeit. Liljecrona gab ihm einige Noten, die er abschreiben sollte.

»Du hättest ihn lieber gleich wieder gehen lassen sollen«, sagte seine Ehefrau, »jetzt wird er das so sehr in die Länge ziehen, dass wir ihn über Heiligabend behalten müssen.«

»Irgendwo muss er ja bleiben«, antwortete Liljecrona. Und er lud Ruster auf Grog und Schnaps ein, leistete ihm Gesellschaft und durchlebte mit ihm noch einmal die ganze Ekebyzeit. Doch er war verstimmt und litt unter dem Gast, wie die anderen auch, was er sich aber nicht anmerken lassen wollte, denn alte Freundschaft und Gastfreundschaft waren ihm heilig.

In Liljecronas Heim bereiteten sie sich bereits seit drei Wochen darauf vor, Weihnachten zu feiern. Sie hatten Unannehmlichkeiten und Hast in Kauf genommen, sich die Augen rot gewacht bei Talgkerzen und Fackeln, gefroren im Vorratsspeicher beim Fleischeinsalzen und im Brauhaus beim Bierbrauen. Doch Hausfrau wie Dienstvolk hatten sich allem ohne Murren gefügt, wussten sie doch, dass sich, wenn alle Arbeiten beendet waren und der Heilige Abend anbrach, eine selige Verzauberung über sie senken würde. Weihnachten würde es mit sich bringen, dass Scherze und Lachen, Freude und Frohsinn ihnen ohne jede Anstrengung über die Lippen kommen würden. Die Füße aller würden Lust bekommen, sich im Tanz zu drehen, und aus den dunklen Ecken der Erinnerung würden die Texte und Melodien der Tanzspiele wieder auftauchen, obwohl man nicht gedacht hatte, dass sie überhaupt noch vorhanden waren. Und dann würden sie es alle wieder so gut haben, ach, so gut.

Jetzt, nach Rusters Ankunft, war das ganze Haus im Lövdala der festen Überzeugung, er würde Weihnachten mit seiner Anwesenheit kaputtmachen. Die Hausfrau, die älteren Kinder und die alten treuen Dienstboten waren alle der gleichen Meinung. Ruster weckte bei ihnen schreckliche Ängste. Sie fürchteten, er und Liljecrona könnten in alten Erinnerungen schwelgen und dadurch könnte das Künstlerblut bei dem großen Geigenspieler wieder entflammen, wodurch die Gefahr bestünde, ihn zu verlieren. Früher hatte es ihn nie lange auf Lövdala gehalten.

Niemand kann beschreiben, wie sehr sie inzwischen den Hausherrn auf diesem Gut liebten, seit sie ihn bereits ein paar Jahre hatten behalten dürfen. Er war äu-

ßerst wichtig für das ganze Haus, ganz besonders zu
Weihnachten. Seinen Platz hatte er nicht auf irgendeinem Sofa oder in einem Schaukelstuhl, sondern auf
einer hohen, schmalen, blankgescheuerten Holzbank in
der Ofenecke. Wenn er sich dort niederließ, dann nahmen die Abenteuer ihren Lauf. Er reiste um die Welt,
stieg hinauf zu den Sternen und noch höher. Abwechselnd spielte und erzählte er, und alle aus dem Haus
sammelten sich um ihn und hörten zu. Das ganze Leben wurde bedeutsam und schön, wenn der Reichtum
dieser Seele es überstrahlte.

Deshalb liebten sie ihn, wie sie auch Weihnachten
liebten, die Freude und die Frühlingssonne. Als der kleine Ruster kam, da war der Weihnachtsfriede gestört. Ihre Arbeit wäre vergebens gewesen, wenn er den Hausherrn fortlocken konnte. Es war einfach ungerecht, dass
dieser Trunkenbold in einem frommen Haus mit an der
Weihnachtstafel sitzen und die ganze Weihnachtsfreude
stören sollte.

Am Vormittag des Heiligen Abends hatte der kleine
Ruster seine Noten fertiggeschrieben, und er ließ einige
Worte in der Richtung fallen, dass er nun aufbrechen
wolle, aber natürlich hoffte er, bleiben zu können.

Liljecrona war von der allgemeinen Verstimmung angesteckt worden und sagte deshalb mit matter, resignierter Stimme, dass es wohl das beste sei, wenn Ruster
über Weihnachten bliebe.

Doch der kleine Ruster war leicht aufbrausend und
stolz. Er zwirbelte seinen Schnurrbart und schüttelte
das schwarze Künstlerhaar, das wie eine dunkle Wolke
um seinen Kopf stand. Was dachte Liljecrona sich? Dass

er bleiben sollte, weil er keine andere Bleibe hatte? Pah, wenn man nur bedachte, wie sie auf der großen Eisenhütte in der Gemeinde Bro auf ihn warteten! Das Gästezimmer war schon hergerichtet, der Willkommenstrunk stand bereit. Er hatte es wirklich eilig. Er wusste gar nicht, zu wem er zuerst gehen sollte.

»Gott bewahre«, erwiderte Liljecrona, »natürlich kannst du aufbrechen, wenn du willst.«

Nach dem Essen lieh sich der kleine Ruster Pferd und Schlitten, Pelz und Pelzdecke. Der Knecht von Lövdala sollte ihn bis zu einem bestimmten Punkt in Bro bringen und dann schnell wieder umkehren, denn es sah nach einem Unwetter aus.

Niemand glaubte, dass er erwartet wurde oder dass es ein einziges Haus in der Gegend gab, in dem er willkommen wäre. Aber sie wollten ihn so gern loswerden, dass sie diese Gedanken verdrängten und ihn fahren ließen. »Er hat es ja selbst so gewollt«, sagten sie. Und dann dachten sie, dass nun nur noch eitel Freude herrschen würde.

Doch als sie sich gegen fünf Uhr im Saal versammelten, um Tee zu trinken und um den Tannenbaum zu tanzen, war Liljecrona ganz still und verdrießlich. Er setzte sich nicht auf die Abenteuerbank, er rührte weder Tee noch Punsch an, er kannte keine Polka mehr, die Geige war verstimmt. Diejenigen, die spielen und tanzen wollten, mussten es ohne ihn tun.

Da wurde die Ehefrau unruhig, die Kinder unzufrieden, alles im Haus ging schief. Das wurde der traurigste Heiligabend aller Zeiten.

Die Grütze wurde nicht fest, die Kerzen fauchten, das

Holz rauchte, der Wind brachte Schneetreiben und blies bitterkalt in die Stube. Der Knecht, der Ruster gefahren hatte, kam nicht heim. Die Hauswirtschafterin weinte, die Mädchen stritten sich.

Dann fiel Liljecrona ein, dass für die Spatzen keine Garbe aufgehängt worden war, und er beschwerte sich lauthals über all die Frauen um ihn herum, die alte Sitten und Gebräuche nicht mehr achteten und sich neumodisch und herzlos verhielten. Doch diese wussten genau, dass es sein schlechtes Gewissen war, den kleinen Ruster am Heiligabend fortgeschickt zu haben, das ihn quälte.

Plötzlich ging er in sein Zimmer, schloss die Tür hinter sich zu und fing an zu spielen, so wie er noch nie gespielt hatte, seit er das Umherwandern aufgegeben hatte. In seinem Spiel waren Hass und Hohn, Sehnsucht und Sturm. »Ihr wolltet mich binden, aber ihr müsst eure Fesseln neu schmieden. Ihr wolltet mich so kleinmütig machen wie euch selbst. Aber ich werde hinausziehen in die Weite, ins Freie. Alltagsmenschen, Haussklaven, fangt mich, wenn es in eurer Macht steht!«

Als die Hausherrin diese Töne hörte, sagte sie: »Wenn Gott nicht ein Wunder geschehen lässt, ist er morgen fort. Jetzt hat unsere fehlende Gastfreundschaft genau das bewirkt, was wir vermeiden wollten.«

Währenddessen irrte der kleine Ruster in dem Unwetter umher. Er fuhr von einem Hof zum anderen und fragte, ob es nicht Arbeit für ihn gäbe, doch nirgends wurde er aufgenommen. Man bat ihn nicht einmal, vom Schlitten abzusteigen. Mal hatten sie das Haus bereits voll mit Gästen, andere wollten selbst am Heiligabend fortfahren. »Fahr zum nächsten Nachbarn!« sagten sie alle zusammen.

Er könne gern an einem anderen Tag kommen und sie bei der Arbeit stören, nicht aber am Heiligen Abend. Das Jahr hatte nur einen Heiligabend, und auf den hatten die Kinder sich schon den ganzen Herbst über gefreut. Diesen Kerl konnte man ja nicht an eine Weihnachtstafel setzen, an der sich auch Kinder befanden. Früher hatte man ihn gern aufgenommen, aber jetzt, seit er so versoffen war, nicht mehr. Was sollte man mit dem Kerl anfangen? Die Gesinderäume waren zu primitiv und das Gästezimmer zu fein.

Also musste der kleine Ruster in dem peitschenden Schneesturm von Hof zu Hof ziehen. Sein nasser Schnurrbart hing ihm über die Lippen, die Augen waren rot und verschwommen, aber der Schnaps wurde ihm aus dem Gehirn geblasen. Langsam begann er sich zu wundern. War es möglich, war es wirklich möglich, dass niemand ihn aufnehmen wollte?

Dann sah er es plötzlich selbst. Er sah, wie erbärmlich und heruntergekommen er war, und er begriff, dass die Menschen ihn verabscheuten. »Es ist vorbei mit mir«, dachte er. »Es ist vorbei mit Notenschreiben, es ist vorbei mit der Flöte. Niemand auf der Welt braucht mich, keiner hat mehr Barmherzigkeit für mich übrig.«

Das Unwetter drehte sich und spielte mit ihm, riss Schneewehen auf und schob sie von neuem wieder zusammen, setzte ihm eine Schneesäule auf den Schoß und tanzte aufs Feld hinaus, hob eine Flocke hoch in die Wolken und drückte eine andere in einen Graben hinein. »So ist es, so ist es«, sagte der kleine Ruster, »solange man tanzt und reist, ist es ein Spiel, doch wenn man hinunter muss in die Wehen, hinuntergedrückt und vergessen, dann gibt es nur noch Enttäuschung und Trauer.« Doch hinunter mussten sie alle, und jetzt war er an der Reihe. Sollte er am Ende seiner Reise angekommen sein?

Er fragte nicht mehr, wohin der Knecht ihn fuhr. Er hatte das Gefühl, ins Reich des Todes zu fahren.

Der kleine Ruster verbrannte keine Götter während der Fahrt. Er verfluchte nicht das Flötenspiel oder das Leben in der Kavallerie, er dachte nicht, dass es besser gewesen wäre für ihn, hätte er die Erde gepflügt oder Schuhe besohlt. Aber er beklagte sich, dass er jetzt ein ausgemustertes Instrument war, das nicht mehr den allgemeinen Freuden dienen konnte. Niemand klagte ihn an, doch er wusste, wenn das Waldhorn einen Riss hatte und die Gitarre den Ton nicht mehr hielt, dann war ihre Zeit vorbei. Plötzlich wurde er ein äußerst demütiger Mann. Ihm wurde klar, dass es an diesem Heiligen Abend mit ihm ein Ende nehmen würde. Hunger und Kälte würden ihn vernichten, denn er begriff nichts, taugte zu nichts und hatte keine Freunde.

Da hielt der Schlitten an, und plötzlich wurde es hell um ihn herum, und er hörte freundliche Stimmen. Da war jemand, der ihm aus dem Schlitten in ein warmes Zimmer half, und jemand, der ihm heißen Tee einflößte. Der Pelz wurde ihm ausgezogen, mehrere Menschen riefen, er sei willkommen, und freundliche Hände rieben seine erstarrten Finger warm.

Von all dem wurde ihm ganz schwindlig im Kopf, so dass er wohl erst nach einer Viertelstunde wieder so recht zur Besinnung kam. Er konnte es gar nicht fassen, dass er zurück nach Lövdala gekommen war. Er hatte gar nicht bemerkt, dass der Knecht es leid geworden war, in dem Schneesturm weiter herumzufahren, und deshalb umgekehrt war.

Und er verstand auch nicht, warum er in Liljecronas Haus so herzlich empfangen wurde. Er konnte ja nicht wissen, dass Liljecronas Hausherrin begriffen hatte, welch schwere Fahrt er an diesem Heiligabend hinter sich gebracht hatte, als er an jeder Tür, an die er geklopft hatte, abgewiesen worden war.

Sie hatte so großes Mitleid mit ihm bekommen, dass sie ihre eigenen Sorgen ganz darüber vergaß.

Liljecrona war weiter mit seinem wilden Spiel in seinem Zimmer beschäftigt. Er wusste nicht, dass Ruster zurückgekommen war. Dieser saß inzwischen mit Hausherrin und Kindern im Saal. Das Gesinde, das normalerweise Heiligabend auch dort versammelt war, war vor der betrübten Stimmung der Herrschaft in die Küche geflohen.

Die Hausfrau zögerte nicht, Ruster zur Arbeit anzuweisen.

»Ruster hört ja wohl«, sagte sie, »dass Liljecrona den ganzen Abend nichts anderes tut, als Geige zu spielen, und ich muss mich um den Tisch und das Essen kümmern. Die Kinder sind sich vollkommen selbst überlassen. Kann er sich nicht um die beiden Kleinsten kümmern?«

Kinder, das waren Personen, mit denen Ruster am allerwenigsten Kontakt gehabt hatte. Er war ihnen weder im Kavallerieregiment noch im Soldatenzelt begegnet, weder in den Gasthöfen noch auf der Landstraße. Ihnen gegenüber war er fast schüchtern, und er wusste nicht, was er sagen sollte, was fein genug für sie war.

Er holte die Flöte heraus und zeigte ihnen, wie man auf die Klappen und Löcher die Finger setzte. Es waren ein Vierjähriger und ein Sechsjähriger, die nun eine Lektion auf der Flöte bekamen, und sie waren äußerst interessiert daran.

»Das ist ein A«, sagte Ruster, »und das ist ein C«, und dann spielte er die Töne. Doch die Kleinen wollten wissen, was das für ein A und ein C war, das da gespielt werden sollte.

Da zog Ruster Notenpapier hervor und zeichnete ein paar Noten.

»Nein«, sagten sie, »das stimmt nicht.« Und sie liefen davon, um ein Abc-Buch zu holen.

Da fragte Ruster sie nach dem Alphabet. Manches kannten sie, manches nicht. Insgesamt war es schlecht um ihr Wissen bestellt. Ruster wurde ganz eifrig, setzte sich die Knirpse auf seine Knie und begann sie zu unterrichten. Liljecronas Frau ging ein und aus und hörte ganz verwundert zu. Es klang wie ein Spiel, und die Kinder lachten die ganze Zeit, trotzdem lernten sie etwas dabei.

Ruster machte eine Weile so weiter, aber er war nicht so ganz bei der Sache. Er wälzte noch die alten Gedanken aus dem Unwetter draußen. Hier war es schön gemütlich, doch für ihn war auf jeden Fall Schluss. Er war erschöpft. Nur noch gut für den Abfallhaufen. Und plötzlich schlug er die Hände vors Gesicht und begann zu weinen.

Liljecronas Frau lief schnell zu ihm.

»Ruster«, sagte sie, »ich kann verstehen, dass Er glaubt, es sei vorbei mit Ihm. Mit der Musik läuft es nicht mehr, und Er macht sich mit dem Schnaps selbst kaputt. Aber es ist noch nicht zu Ende, Ruster.«

»Doch«, schluchzte der kleine Flötenspieler.

»Seht doch nur, abends so mit den Kleinen zu sitzen, das wäre doch etwas für Ihn. Wenn Er die Kinder lesen und schreiben lehren will, dann wird Er überall willkommen sein. Das ist kein schlechteres Instrument, darauf zu spielen, Ruster, als Flöte und Geige. Schau Er sie sich an!«

Sie stellte die beiden Kleinen vor ihn, und er schaute auf, blinzelte, als hätte er in die Sonne geschaut. Es schien, als fiele es seinen kleinen, verschwommenen Augen schwer, denen der Kinder zu begegnen, die groß, klar und unschuldig waren.

»Schau Er sie an, Ruster!« ermahnte Liljecronas Frau ihn noch einmal.

»Ich traue mich nicht«, sagte Ruster, denn das war für ihn wie ein Fegefeuer, durch die wunderbaren Kinderaugen in die Schönheit der unbefleckten Seelen zu blicken.

Da lachte Liljecronas Ehefrau laut und fröhlich auf.

»Daran wird Er sich gewöhnen müssen, Ruster. Er kann für ein Jahr als Hauslehrer in meinem Haus bleiben.«

Liljecrona hörte das Lachen seiner Frau und kam aus seinem Zimmer.

»Was ist los?« fragte er. »Was ist los?«

»Nichts Besonderes«, antwortete sie, »nur Ruster ist

zurückgekommen, und ich habe ihn als Hauslehrer für unsere kleinen Jungs eingestellt.«

Liljecrona war äußerst überrascht.

»Traust du dich?« fragte er. »Wagst du es? Hat er versprochen, mit dem Trinken ...?«

»Nein«, erwiderte seine Ehefrau. »Ruster hat gar nichts versprochen. Aber es wird vieles geben, vor dem er sich in acht nehmen muss, wenn er Tag für Tag den kleinen Kindern in die Augen sehen muss. Wäre es nicht Weihnachten, dann hätte ich es wohl nicht gewagt, aber wenn unser Herrgott es gewagt hat, ein kleines Kind, noch dazu seinen eigenen Sohn, unter uns Sünder zu geben, dann werde ich ja wohl auch versuchen können, durch meine kleinen Kinder einen Menschen zu retten.«

Liljecrona fand keine Worte, aber jede einzelne Runzel in seinem Gesicht zuckte, wie immer, wenn er etwas ganz Großartiges hörte.

Dann küsste er seine Frau so fromm wie ein Kind, das um Verzeihung bittet, auf die Hand, und rief laut:

»Alle Kinder sollen kommen und Mutters Hand küssen!«

Was sie sogleich taten, und anschließend feierten sie ein fröhliches Weihnachtsfest im Hause der Liljecronas.

Übersetzt von Christel Hildebrandt

Nachwort

Liest man die Kindheits- und Jugenderinnerungen von Selma Lagerlöf (1858–1940), dann scheint ihr Leben sich in ewigem Sommer abgespielt zu haben. Ausführlich werden die großen Ferien geschildert, die Blumenpracht im Bauerngarten, die sommerlichen Spiele, der Besuch von vielen Verwandten und die eigenen Reisen.

Dabei ist doch bekannt, was für ein wichtiges Fest Weihnachten in Schweden ist, nicht nur als christliches Fest, das schon mit dem Luciatag am 13. Dezember beginnt, sondern auch als Wendepunkt im finsteren Winter, nach dem es endlich wieder auf hellere Zeiten zugeht. Dass dies schon seit Jahrhunderten so galt, zeigt sich an der wilden Hektik, in die sich die junge Burgherrin Lucia in *Die Legende vom Luciatag* (*Luciadagens legend*, 1917) stürzt, als das große Weihnachtsgelage gerichtet werden muss. Anschaulich lesen wir in der Geschichte *Ein Weihnachtsgast* (*En julgäst*, 1893) und noch eindringlicher in *Gottesfriede* (*Gudsfreden*, 1898) von den Vorbereitungen und Aufregungen, die mit dem großen Winterfest einhergehen. Und so viel altehrwürdiges Brauchtum soll die kleine Selma nicht beeindruckt haben?

Sicher, für die erwachsene Selma steht die Christmesse, das Wunder der Geburt Jesu, im Mittelpunkt, aber für die kleine?

In *Die Heilige Nacht* (*Den heliga natten*, 1904) beschreibt sie, wie ihre Großmutter für sie die Messe liest und ihr als Kind, das noch nicht mit den Erwachsenen in die Kirche gehen darf, ganz eindrücklich – und damit für uns alle, große und kleine Leserinnnen und Leser – die Weihnachtsgeschichte erzählt.

In ihrem autobiographischen Text *Julklappsboken* berichtet die später erwachsene und berühmte Schriftstellerin, dass in ihrem Elternhaus am Heiligen Abend groß aufgetischt wurde, es gab *Lutfisk*, also in Lauge eingelegten Stockfisch, süßen Milchreis und Weihnachtskekse. Sicherlich ist die Familie auch um den Weihnachtsbaum getanzt, hat dabei gesungen und musiziert, bis schließlich als Höhepunkt des Abends die Geschenke verteilt und ausgepackt wurden.

Offenbar hat sich seit Selma Lagerlöfs Zeit gar nicht so viel verändert, noch heute gibt es die »pädagogischen« Geschenke der Eltern, in Selmas Fall den Nähkasten mit allen Utensilien, und dann aber auch die ersehnten Herzensgeschenke. Hier ist es ein französisches Märchenbuch, das sie zunächst nicht lesen kann, mit dessen Hilfe sie aber Französisch lernt und das ihr dadurch umso mehr ans Herz wächst. Und als die Weihnachtsferien vorbei sind, »da hat mich das schöne kleine Märchenbuch mehr Französisch gelehrt, als ich über die Jahre in der Schule gelernt hatte.«

Auch wenn in ihren Kindheitserinnerungen das Weihnachtsfest keine herausragende Rolle spielt, so zeigen ihre zeitlosen Weihnachtsgeschichten und -legenden umso eindringlicher, welch wichtigen Platz diese feierliche Zeit nicht nur in christlicher, sondern auch in sozialer Hinsicht für die Autorin einnahm.

Gabriele Haefs, Christel Hildebrandt